어머니의 아리랑

황연옥 제2수필집

도서출판
청어

어머니의 아리랑

황연옥 제2수필집

책머리에

언제부터인가 어머니의 생애와 고향에 관한 글을 쓰고 싶었고 나이 들어가며 그 생각은 절실했습니다.

23살 새댁 시절부터 옹기 장사를 8년이나 하여 살림의 기반을 마련하신 어머니, 자녀를 넷이나 잃고 힘겹게 살아오면서도 꿈을 포기하지 않으신 어머니께 감사할 뿐입니다.

어머니가 들려주신 이야기를 9편의 글에 녹여 쓰며 '고성 자진 아리랑'을 불러 남긴 어머니가 자랑스러웠습니다. 잊혀질 소리와 이야기들이 다시 살아났기 때문입니다. 이 책을 하늘나라에서 어머니가 읽으셨으면 좋겠다는 생각이 듭니다.

청소년기의 추억, 귀향의 노래, 이웃, 지인들의 이야기를 쓰며 그 시절과, 함께 했던 사람들이 그리웠습니다. 3부에는 몇 년 전 고성신문에 연재했던 칼럼도 실었습니다.

이 이야기 중 한 편이라도 누군가의 가슴에 작은 울림으로 남게 된다면 밤을 지새우며 원고를 쓰던 날들이 그리운 추억이 될 것입니다.

부족한 글을 책으로 발간할 수 있도록 도움을 주신 모든 분께 머리 숙여 감사드립니다.

2022년 늦가을
초계리 '아버지의 집'에서

모원母園 황연옥

차례

1부 / 어머니의 아리랑

4부 / 연어의 꿈

5부 / 오래된 친구, 그 향기

1부　　　어머니의 아리랑

어머니의 바다

"철석, 철석."

바다는 오늘도 책을 읽어주는 어머니처럼 파도에 이야기를 실어 자근자근 들려준다. 파도가 한 번씩 밀려왔다가 되돌아가면 수많은 이야기가 백사장에 펼쳐진다.

방방곡곡에서 흘러들어온 맛과 색이 다른 물들을 받아들이느라 아픔 또한 컸으련만 아무런 내색도 없이 수많은 생명체를 품고 나누어 주는 바다는 언제나 넉넉하다.

산을 남자에 비유한다면 바다는 여자에 비유하고 싶다. 하늘까지 맞닿은 푸른 치마폭을 두르고 수많은 생명을 출산해 내기 때문이다.

내가 태어나 자라온 고향은 바다가 가까운 농촌 마을이었다. 여름이 와도 어머니는 우리 삼 남매가 바다에 해수욕하러 가는 것을 선뜻 허락하지 않으셨다.

어려운 시대를 살아오며 자식들을 네 명이나 먼저 하늘나라로 보낸 어머니는 아버지와 함께 농사일로 늘 바쁘셨다. 한가롭게 바다에 가서 해수욕하는 아이들을 돌볼 여유가 없으셨다. 그러니 아이들만 바다에 보내고 가슴 졸이며 저녁나절까지 기다리는 일이 선뜻 내키지 않으셨나 보다.

생선이 많이 나는 계절이면 어머니는 거진항 부둣가에 가서 곡식을 팔았다. 초등학교 다닐 때 엄마를 따라가 보았던 거진 앞바다는 끝없이 넓었고 항구는 물고기와 사람들로 가득했다.

슬금슬금 땅거미가 밀려오는 저녁이 오면 어머니는 다 팔지 못한 곡식을 생선과 바꾸어 집으로 가는 걸음을 서두르셨다. 거진에서 집까지는 20여 리로 두어 시간을 걸어야 갈 수 있는 먼 거리였다.

어두운 밤길을 타박타박 걷다가 하늘을 쳐다보면 하늘엔 별이 총총 떠 있고 멀리 바다에는 오징어잡이 배 집어등이 화려한 꽃밭을 만들고 있었다.

"와! 엄마, 바다가 너무 멋져요. 꽃밭이 되었어요……."

나의 탄성을 듣고 어머니는 웃으시며 걸음을 멈추고 바다를 보셨다.

"그렇구나! 정말 바다가 꽃밭이 되었네!"

다시 집으로 가는 발걸음을 재촉하셨고 멀리서 파도는 철썩거리며 우리 모녀를 배웅해 주었다.

나는 걷다가 심심해지면 조그맣게 노래를 불렀다.

"아침 바다 갈매기는 금빛을 싣고, 고기잡이배들은 노래를 싣고……."

노래를 듣고 누가 따라올까 봐 노래를 그치고 몇 번이나 들은 팥죽 할머니 이야기를 또 해 달라고 졸랐다. 호랑이가 나타날 것만 같은 두려움 속에서도 옛날이야기가 재미있어 매섭게 불어오는 골바람도 춥지 않았다.

지금도 거진 바다를 보면 어머니와 밤길을 걸어 집으로 오며 보았던 오징어잡이 배 불빛으로 찬란하던 밤바다가 생각난다.

유난히 자식들에 대한 애정이 크고 교육열이 강하셨던 어머니!

어머니는 지혜로운 분이셨다. 생활력과 교육열이 강해 억척같으면서도 넓고 깊은 마음을 가진 분이셨다.

마을에서도 어려운 일이 있으면 말없이 도우셨고 음식도 잘하셨다. 옥수수 동동주를 담는 솜씨가 탁월해서 잔칫집에 쓰실 것을 직접 만들어 주시곤 하셨다.

60~70년대의 어려운 농촌에서 허리를 동이시고 우리 삼 남매를 대학에 보내서 미래를 꿈꾸게 해 주셨다.

언젠가는 시중에서 판매되는 보리차에서 중금속이 검출되었다는 뉴스를 보고는 밭에 보리를 심어 보리차를 만들어 가져다주시던 자식 사랑이 유난하셨던 어머니!

그 어머니가 86세로 세상을 떠나신 지 20년이 지났다.

여자도 배워야 하고 꿈이 있어야 한다며 대학 시절 내게 생활비를 보내주실 때는 서툰 글씨로 격려의 편지를 써 보내주셔서 함부로 살 수 없도록 내 삶의 버팀목이 되어 주신 어머니!

그 사랑과 가르침 덕분에 나도 평생을 부지런히 삶을 가꾸며 살 수 있었다.

아이들이 중고등학교 다닐 때, 학교급식제도가 없어서 새벽 4시에 일어나 도시락 6개씩 준비하고 출근하면서도 어머니를 생각하면 힘든 줄 몰랐다.

이제 손주가 넷이나 있는 할머니가 되었는데도 가끔 푸근한 어머니 가슴에 안겨보고 싶을 때가 있다.

어머니 가슴에는 넓고 푸른 바다가 있었다.

많은 것을 포용하고 받았다가 아낌없이 주는 바다처럼 아침과 저녁, 자식들을 위해 기도하며 푸른 앞길을 열어주신 어머니!

나도 어머니처럼 내 아이들에게 그런 어머니가 될 수 있을지…….

들깨꽃 핀 언덕

넓은 밭에 들깨 향기 가득하고 바람에 나풀거리는 이파리가 싱그러움을 더해 준다. 그런데 올해 유난히 말라 죽는 들깨가 많아 마음이 아프다. 여름에 비가 많이 와 무솔아(땅에 습기가 많아 푸성귀가 물러 썩는 현상) 그렇다고 하는데 바이러스에 감염된 건 아닌지 모르겠다.

들깨 농사를 지은 지 10년이 넘었는데 이렇게 힘든 해는 처음이다.

6월 초, 발아 상자에 흙을 담고 씨앗을 한두 알 넣어 들깨 모종판을 만든다. 열흘 정도 지나 싹이 고르게 올라오지 않은 구멍엔 두 개 나온 모판에서 핀셋으로 여린 싹을 뽑아 모종 이식을 하여 고른 모종판을 만든다. 아침저녁 물을 주어 키우는 일도 수월하지는 않다.

한 달 가까이 정성껏 기른 들깨 모종을 밭에 옮겨 심는데 심은 모종이 뿌리를 내리지 못하고 죽은 것이 많아 2백 포기 정도 다시 심었다.

처음에는 몇 포기 가뭄을 타듯 잎이 마르더니 나중엔 반 정도가 까맣게 변하며 죽어갔다. 그 모습을 바라보는 내 마음도 말라갔다. 싱싱하던 이파리가 패잔병 같은 모습이 되었다. 사진을 찍어 종묘사에 가서 상담했더니 바이러스약을 치라고 하여 농사지은 후 처음으로 약을 쳐봤으나 소용이 없었다.

밭이랑에 올라오는 풀들의 기세가 등등하다. 제초제를 안 주고 호미로 김을 매었다. 여름내 매일 잡초와의 전쟁이었다. 진흙밭이라 장화가 빠져 질척거려 걸음을 옮기기도 쉽지 않다. 삼복더위에 땀이 비 오듯 흘러 눈에 들어가 눈이 아렸다. 문득 어머니가 생각났다.

그 예전, 일제 강점기에 이 밭에 생활도자기 옹기점이 있었다고 한다. 그래서 이 밭을 지금도 '옹기점 말밭'이라 부른다. 1916년생인 엄마는 열아홉 살에 가난한 집의 둘째 아들인 아버지께 시집을 오셨다. 시집와서 처음에는 형님댁에 얹혀살다가 5년 후 옹기점이 있는 이 밭 부근의 단칸 초가에 살림을 나셨다고 한다.

먹을 게 없어 늘 배가 고팠지만 배고픈 것보다 자식들을 낳아 키우며 살아갈 일로 잠이 오지 않았다고 한다. 남편은 큰집과 마을 분들 농사일을 해 주느라 새벽에 나갔다가 밤늦게 들어와 앞으로 살아갈 일을 상의할 겨를도 없이 혼자 고민만 했다.

아기가 없어 아직은 새댁인 어머니는 23살 되던 어느 날, 큰 결심을 하고 옹기점 주인을 찾아갔다고 했다.

"어르신, 제가 생활이 어려워 옹기 장사를 좀 해 보고 싶은데 가능할까요?"

당시 일본 사람인 주인은 어머니를 한참 바라보더니 쾌히 승낙하며 이같이 말했다고 한다.

"새댁이 참 어려운 결심을 했네. 그런 단호한 다짐으로 살아간다면 세상에 못 할 것이 없다우. 일주일 동안 와서 흙을 두드려 질을 치면(도자기 만들 흙의 기포를 빼는 작업) 그 품값으로 옹기그릇을 줄게요."

"정말 고맙습니다!"

고개 숙여 인사하고 돌아서는 어머니께 옹기점 주인은 따뜻한 덕담을 해 주었다고 한다.

"새댁은 먼 훗날 성공할 거요. 큰 살림을 이루고 살게 되겠구려!"

앞길을 열어 준 배려심 많은 일본인 이름이 '미찌꼬'였다고 언젠가 어머니는 고마움이 담긴 목소리로 오래된 옛 추억을 꺼내서 내게 말씀해 주셨다.

그렇게 시작한 옹기장수를 8년간 하셨다고 한다. 남산 너머 해상리는 외갓집 마을이라 친정에 누가 될까 봐 30리 떨어진 건봉사 부근의 사하촌 마을에 가서 팔았다고 한다. 옹기를 팔고 걸어서 집으로 오는 밤이면 산에서 들려오는 짐승 울음소리가 무서워 진땀을 흘리며 뛰다시피 걸었다. 숨을 헐떡이며 걷다 지쳐 밤하늘을 바라보면 초롱초롱한 별빛이 희망과 위로가 되었다고 하셨다.

그러는 사이에 아이가 태어났고 젖먹이 아기를 키우면서도 옹기 행상은 이어졌다. 아이에게 젖을 먹이려면 지나가는 사람을 만나야 머리에 인 옹기 짐을 내려놓을 수 있는데, 사람을 못 만나면 칭얼거리는 아기를 달래야 했고 때론 옹기를 다 팔 때까지 끼니를 굶는 일이 많았다고 한다.

8년간 옹기 장사를 하여 모은 돈으로 논을 샀다. 친정에 가서도 어려운 사정을 말하지 않아 나중에 입소문으로 고생하는 딸 소식을 듣고 맘 아파하며 보내준 친정 부모님 격려금 약간 보태 강랑골에 논 800평을 장만하였다. 그 논을 사던 날은 마음이 벅차기도 하고 힘들게 옹기 장사하던 일이 생각나 밤새 잠을 못 잤다고 하셨다.

자신의 논에 농사를 짓기 시작하면서 차츰차츰 집안 형편이 피어나 전답을 장만하게 되셨고 부지런한 부모님은 훗날 만평 가까운 농토의 부농이 되셨다. 오빠가 대학에 들어간 뒤로는 농토를 더 사지 않고 자식들 교육에만 온 정성을 다하셨다. 아버님은 85세, 두 살 아래인 어머니는 86세를 사시고 20여 년 전 하늘나라로 가셨다. 지금 어머니가 그렇게도 좋아하셨던 강량골 논이 바라보이는 전망 좋은 산소에 누워계신다.

내가 화가라면 그려보고 싶은 그림이 몇 컷 있다. 옹기 행상하는 어머니의 모습이다.

한 손으로 머리에 인 옹기를 잡고 한 손으로는 등에서 칭얼거리는 아이를 다독다독 달래는 아낙네…….

비 오는 밤, 아이를 앞으로 안아 젖을 물리고 한 손으로는 보따리를 들고 바쁜 걸음으로 산길을 뛰어가는 아낙네…….

마을이 보이는 산등성이에 이르러 멀리 살고 있는 집 호롱불을 보고 안도의 숨을 쉬며 하늘의 별을 바라보는 아낙네…….

23살에서 30살의 젊은 나이에 땀 흘리고 헝클어진 머리로 미래를 준비하신 어머니 모습을 상상하며 담담한 무채색 화로 그려놓고 싶다.

어머니는 훗날 사연이 담긴 그 도요지 밭을 사셨다. 그 밭을 '옹기점 말밭'이라 불렀고 그 밭에 메밀, 콩, 들깨를 심으셨다. 지금 나는 그 옹기점 밭에 들깨 농사를 짓고 있다. 밭이랑에 무성한 풀을 뽑다 보면 땀이 흐르고 힘들지만 억척같은 의지로 삶을 개척한 어머니가 생각나 힘들다는 말이 쑥 들어간다.

가을이면 들깨를 털어 기름을 짜서 자녀들, 지인들과 나눈다.

그들이 그 밭에 담겨있는 소중한 사연과 흘린 땀을 알까마는 주는 사람이나 받는 사람이나 입가에 웃음이 가득하다.

말라죽은 들깨의 빈자리를 바라보는 맘이 편치는 않지만 살아남은 들깨는 튼실하게 자라 9월의 따가운 햇볕 아래서 송아리를 맺고 무성하게 자란다.

요즘 들깨꽃이 가장 예쁠 때다. 들깨꽃이 밤하늘의 별처럼 총총하고 아름답다.

어머니는 내가 이 언덕에서 들깨 농사를 지으며 당신을 그리워하는 마음을 아실까? 지금 어머니의 별은 어느 우주를 돌고 있을까?

오늘 밤엔 별을 보며 어머니께 드리는 긴 편지를 써야겠다.

어머니의 아리랑

오래전 어느 초가을 저녁으로 기억된다. 퇴근해서 저녁을 준비하는 데 전화벨이 울렸다. 수화기를 드니 반가운 분의 목소리가 들려왔다.

"황 선생님, 어머님이 부르신 '고성 아리랑'을 요즘 고성문화원에서 배우고 있어요. 숨어 있는 지역 아리랑을 발굴해서 널리 알리는 전국 아리랑 경연대회가 있대요."

순간 어안이 벙벙했다. 어머니가 고성 아리랑을 불러서 남겼다니?

나는 농부로 바쁘게 사는 어머니가 남들 앞에서 노래 부르시는 모습을 본 적이 없다. 간혹 겨울 농한기에 양말을 깁거나 바느질하시며 흥얼거리는 목소리로 '황성옛터', '아리랑', '베틀가' 같은 노래를 조그맣게 부르는 모습은 보았어도 어머니가 노래를 잘하시는 줄은 몰랐다.

주말에 고성에 내려가기로 일정을 잡고 문화원에서 아리랑을 가르친다는 국악인 엄채란 선생님(현재 아리아리예술단 단장)께 전화를 걸었다.

"남계자 할머니가 저의 친정어머니신데 어머니가 부르셨다는 아리랑을 CD에 한 부 복사해 주실 수 있나요?"

엄채란 선생님은 쾌히 승낙하셨고 돌아오는 주말에 만나기로 했다. 어머니가 불렀다는 아리랑이 어떻게 전해졌는지 모든 게 의아했다.

주말에 고성에 가서 엄채란 선생님을 만나 그간의 이야기를 듣고 궁금한 것이 해소되었다.

어머니 생전에 지역의 숨은 소리를 발굴하여 채록하는 일이 있었다. 방송사 MBC에서 그 같은 일을 기획했었는데 채록하는 사람들이 군청에 협조를 받아 노인회관이나 마을을 찾아다니며 채록하여 군청에 그 자료를 남겼다고 한다.

1994년, 어머니(남계자 님)와 대대리 최동매 할머니가 간성읍 노인회관에서 노래를 불렀나 보다. 당시 군청의 문화공보실 공보계에 근무하던 남동환 사진작가가 그 자료를 후에 엄채란 선생님께 소개하였다고 한다.

엄채란 선생님은 고성에도 예전부터 전해오는 순수한 아리랑이 있을 것으로 생각하며 그 아리랑을 발굴하여 전수하려고 이리저리 자료를 찾던 중 두 할머니가 부른 고성 자진아리랑을 발견하게 된 것이다.

대전에서 열리는 전국 아리랑 경연대회에 '고성 자진아리랑'이라는 이름으로 참가하려고 연습 중이라 하였다.

여기까지 이야기를 듣던 나는 눈물이 나서 더 이야기를 들을 수가 없었다.

고맙다고 고개 숙여 인사하고 CD를 받고 돌아섰다. 선뜻 어머니의 육성이 담긴 노래를 듣지 못하다가 진부령을 넘어오며 차 안의 오디오에 CD를 넣어 들었다.

"아! 어머니······."

노래가 나오자 목이 메어 말을 할 수가 없었다. 어머니가 돌아가신 지 9년 후에 처음 들어보는 육성이었다.

두 분이 앞서거니 뒤서거니 하며 아리랑을 불렀다. 엄 선생님은 어머니 이름이 CD 앞에 쓰여 있어 어머니가 먼저 부르신 것 같다고 했는데 노래를 들어보니 어머니가 나중에 부르셨다. 당시 채록하던 분들이 노래 가사도 평상시에 하던 대로 부르라고 하셨나 보다. 어머니는 아리랑 가락에 서러운 시집살이 같은 당신의 살아가는 이야기를 지어서 부르셨다.

어머니가 한을 담아 부른 아리랑은 구불구불한 진부령 길을 돌아 계곡으로 울려 퍼져나갔다. 진부령 정상 미술관 앞에서 차를 세우고 눈물 흘린 얼굴을 다듬었다.

어머니 목소리를 들을 수 있는 좋은 선물을 받았는데 왜 우느냐며 눈물도 많다고 농담하는 남편도 장모님에 대한 추억으로 얼굴빛이 다른 때와 달라 보였다.

고성 자진아리랑은 여러 대회에 나가 상도 많이 받고 고성 향토 아리랑으로 그 자리매김을 하였다고 한다.

엄채란 선생님의 말에 의하면 처음에는 '고성 어로요'의 한 부분에 넣어 불렀다고 한다. 고기잡이 나가 돌아오지 않는 어부 아내들의 애환도 담긴 가락이었기 때문이다. 그런데 가락이 애절하여 고기잡이할 때 힘을 얻어야 하는 어로요로는 적절치 않다는 의견들이 있어 후에 따로 분리해 불렀다고 한다.

왕곡마을에서 물장구를 치며 고성 아리랑을 불러 관광객들에게 많은 박수를 받았고 친숙한 가락이라 관광객들도 따라 부르며 좋아했다고 한다. 우리 민요의 잠재된 정서가 함께했으리라.

후에 남동환 사진작가가 보유하고 있는 소중한 자료를 접하게 되었다. MBC는 강원도 지역의 숨은 소리를 채록하여 589쪽의 한국민요대전(강원도민요해설집)이라는 소중한 책을 발간하였고 강원 전 지역의 다양한 소리를 12개의 CD에 담는 방대한 작업을 하여 소중한 자료를 남겼다. 어머니가 부른 고성 자진아리랑은 85쪽에 실렸는데 최동매 할머니와 9곡의 노래를 번갈아 불렀다.

세월이 가기는 물결과 같고 우리 인생 늙기는 바람결 같네~

아리랑 아리랑 아라리요 어디가 시구 절려 아라린가~

못 살겠네 못 살겠네 못 살겠네 시집살이 높아서 못 살겠네~
아리랑 아리랑 아리리요 아리랑 고개루 넘어가네~
(중략)

'고성 자진아라리'라는 곡명 아래 다음 내용이 기록되어 있었다.

채록일: 1994. 11. 10.
장소: 고성군 간성읍 노인회관
부른 사람: 최동매(1914년생), 남계자(1916년생)

가끔 어머니가 부른 아리랑을 또 들어보고 싶지만, 진부령을
넘으며 차 안에서 한 번 듣고는 듣질 못했다. 한 많고 애절한 어
머니 젊은 날의 삶을 들여다보는 것 같아서.
세월이 많이 지났다. 마음을 가다듬고 나도 고성 자진아리랑을
배워서 불러 보고 싶다. 어머니가 부른 아리랑 가락이 바람결에
실려 고성의 넓은 벌판에 울려 퍼지고 있는 듯하다.
'어머니, 그리운 나의 어머니!'

혀로 밭을 갈아

 거리에 낙엽이 지고 과일 파는 집 좌판에 붉은 홍시가 나란히 진열된 늦가을이면 어머니가 그리워진다. 어머니는 감을 좋아하셨다.

 그 옛날 유자를 좋아하는 어머니를 생각하며 썼다는 옛 시인 박인로 시인의 시조가 생각난다.

 반중 조홍감이 고와도 보이나다
 유자 아니라도 품은 즉도 하다마는
 품어가 반길 이 없을 새 글로 설워하노라

 쟁반의 탐스러운 조홍감을 보고 유자를 좋아하는 어머니께 갖다 드리고 싶은데 돌아가셔서 반겨줄 분이 안 계심을 안타까워하며 쓴 시조가 지금 나의 심정을 잘 대변해 주는 것 같다.
 어머니는 영민하시고 지혜로운 분이셨다. 1916년에 태어나 2001년까지 86세 동안 일제 강점기, 6·25 전쟁 등을 겪으며 파란만장한 삶을 사셨지만 참 의연하게 사셨다.

가세가 기운 가난한 집에 시집오시어 새벽부터 밤까지 일하며 살림을 일으키셨고 그 어려운 시절에 우리 삼 남매를 대학까지 보내셨으니 얼마나 힘이 드셨을까?

생전에 용돈을 조금 보내 드리면,

"뭘 그렇게 많이 보냈니. 네가 혀로 밭을 갈아 힘들게 번 돈을 보내주었으니 고맙게 잘 쓰겠다."

하고 말씀하셨다.

"혀로 밭을 갈아서라니……."

교사인 딸이 아이들을 가르치느라 힘들게 말하며 번 돈이라는 의미가 담겨있는 듯하다. 가끔 목이 잠겨 있는 내 모습을 보며 안쓰러운 마음이 드셨나 보다.

언젠가는 보너스를 받아 좋은 옷을 사다 드렸는데 이렇게 말씀하셨다.

"나는 이제 성을 쌓고 남은 돌인데 좋은 옷 입고 단장을 한들 무슨 소용이 있겠니? 젊고 할 일 많은 너희들이나 잘 꾸미고 다니거라."

어머니의 말씀은 뜻이 깊고, 명언이고, 한 편의 시였다.

나는 '성을 쌓고 남은 돌'이라는 의미를 오랫동안 생각해 보았다.

어머니가 팔십 평생을 살아오며 쌓으신 성은 어떤 성이었을까? '인내의 성', '헌신의 성', '소망의 성'은 아니었을지…….

오늘도 '혀로 밭을 간다'는 어머니 말씀을 생각하며 좋은 말을 하는 하루가 되길 바라며 새벽의 문을 연다.

청천벽력

어머니는 결혼하여 7년 만에 첫아들을 낳으셨다고 한다. 처음 결혼해서는 형님댁에서 같이 살았고, 아버지는 농사일을 마친 겨울이면 금강산으로 돈을 벌러 가셨다고 한다. 관광객들에게 금강산 길을 안내해 주는 일이었다. 지금으로 말하면 관광 가이드인 셈이다.

시집온 지 5년 후, 옹기점 도요지가 있는 밭 아래 단칸 초가집을 얻어 살림을 나셨다. 일 년 후 임신을 하였고, 이듬해 첫아들을 낳았다.

아이가 6살이 되었다. 호기심도 많고 이리저리 뛰어놀며 집안의 귀염둥이였다. 그런데 백일기침병이 걸렸다. 요즘으로 말하면 백일해이다. 이런저런 약을 써 봐도 기침은 그치질 않았다.

그날은 다른 일을 접고 읍내 용한 의원한테 가서 약을 지어오려고 딱지놀이를 하는 아이를 집에 혼자 두고 급히 약을 지으러 읍에 갔다. 그런데 불안하고 이상한 예감이 들었다. 약을 지어 뛰다시피 집으로 달렸다.

집에 돌아오니 청천벽력 같은 일이 벌어져 있었다. 아이가 기절하여 깨어나지 못하는 것이었다.

당시 마을에는 몰래 숨어서 아편을 맞는 사람들이 있었다. 그 아편쟁이가 집에 어른이 없는 것을 알고 집 주변 와서 아편 주사를 스스로 맞다가 아이가 기침을 심하게 하니,

"너도 이 주사 맞으면 기침이 멈출지도 모른다."

하고는 아이에게 아편 주사를 놓았다고 한다.

아이는 즉시 숨을 거두고 싸늘한 몸이 되었다. 일제 강점기 시대이긴 하지만 참 법도 경우도 없는 무지한 세상이었다.

어머니는 그렇게 사랑하는 첫아들을 잃고 한동안 정신이 나간 것 같았다.

몰상식한 아편쟁이는 사과 한마디도 없이 폭언을 해대며 남의 집 물건을 도둑질하여 아편을 맞으며 돌아다녔다고 한다. 당시 마을에는 폐결핵 환자, 아편을 맞는 사람, 노름하여 재산을 탕진하는 사람들이 있었다고 한다.

어둡고 힘든 시절의 이야기였다.

그렇게 첫아들을 잃고서도 좌절하지 않고 살아가며 자녀를 계속 낳았다.

산아제한이 없던 시절이라 모두 일곱을 낳았다. 그런데 세 아

이는 병으로, 딸은 6·25 전쟁 때 폭격으로 방공호 안에서 연기에 질식되어 숨졌다. 7남매 중 4남매가 그렇게 일곱 살을 넘기지 못하고 어릴 때 세상을 떠난 것이다.

'이럴 수가?'

처음 시집와서 먹을 게 변변치 못해, '이렇게 궁색한 살림에 아이가 자꾸 생기면 어떻게 살까.' 하는 부정적인 말을 한 것이 생각나 어머니는 몇 날 며칠을 뉘우치며 울었다고 한다.

끝으로 나은 삼 남매가 잘 자라서 부모님의 기쁨이 되었다.

"자식의 여호와께서 주신 기업이요 상급이니라."

라는 성경 시편의 말씀이 생각났다고 한다.

훗날 어머니는 꽃도 채 피어보지도 못하고 세상을 떠난 자녀들과 후에 잘 커 준 삼 남매를 위해 아침저녁으로 하나님께 회개와 감사의 기도를 드렸다고 한다.

젊은 날 청천벽력 같은 하늘 아래서 모진 삶을 살던 어머니, 노년에 환한 평안이 찾아왔다. 마음에 평안의 복을 받은 어머니의 영혼이 하늘나라에서 평안하시길 늘 기도드린다.

어머니와 구구단

어머니는 농사일도 하고 농촌의 아낙들이 그랬듯이 장날이면 곡식이나 푸성귀 같은 농작물을 읍에 가지고 나가 팔았다. 주로 간성이나 거진 장이었다.

거진에 고기가 많이 잡히고 경제가 풍성하여 간성보다 3㎞ 남짓 먼 거리인데도 농작물을 머리에 이고 거진에 가서 파는 경우가 더 많았다. 팔다가 못 판 것은 생선으로 바꾸어 오기도 하셨다.

곡식은 쌀, 콩, 들깨가 많았고, 채소는 계절마다 재배하는 푸성귀 종류와 말린 고추였다. 가을이면 아버지랑 우마차에 쌀을 가득 싣고 장에 가서 팔아 학비를 마련하였지만, 어머니가 그렇게 장에 나가 곡식이나 푸성귀를 판 푼돈도 모이고 모여 우리의 학비가 되었다.

어느 장날에 있었던 일이다. 그날도 콩과 말린 고추를 장에 팔러 갔다. 도매로 곡물을 걷어 들이는 상인이 머리에 이고 간 곡식을 내려주며 품질을 확인하였다. 부지런한 부모님이 지은 농산물은 항상 상품이었다. 아버지는 한때 콩 우수 재배 농부로 상을 받으신 적도 있다.

"아주머니 물건을 내가 사겠소."

"값을 얼마 주실 건데요?"

상인은 물건값을 말해주었다. 그날 팔러 간 곡식은 콩, 고추, 들깨였다. 도매상인이 곡식값을 어머니께 건네주었다. 그런데 속으로 아무리 계산해 보아도 돈이 모자랐다.

"물건값이 모자라요."

계산이 잘못되었다고 하자 그 상인은 눈을 부라리며 주판알을 들이대며 맞다고 우겼다.

어머니는 소리 내어 구구단으로 물건값을 계산하여 상인에게 따졌다.

그 상인은 눈이 휘둥그레지며 아주머니가 어떻게 구구단으로 물건값을 계산할 줄 아느냐며 자기가 주판알을 잘못 튕겼다며 남은 돈을 마저 주었다고 한다.

곡식을 이고 온 머리가 헝클어진 초라한 농촌 아낙이 구구단을 들이대며 계산이 잘못되었다고 따졌을 때 놀랐을 상인의 모습이 상상된다.

그가 다른 시골 아낙에게도 그리하지 않았길 바라면서…….

어머니는 영리하고 총명한 분이셨다. 어릴 때 간이보통학교(4

년제)를 보내 달라고 떼를 써도 안 보내주고 4살 아래인 막내딸만 보내주었다고 한다.

위로 외아들인 오라버니가 몸이 아프고 가세가 기울어 딸 넷 중 위의 세 딸은 교육의 혜택을 받지 못하고 자랐다.

어머니는 셋째 딸로 뭐든지 배우려는 욕구가 강했다. 보통학교 다니는 동생의 다 쓴 공책 겉표지를 찢고 몽당연필을 주워 밤에 마을에서 하는 야학에 다니며 한글과 구구단을 배웠다고 한다.

그때가 1920년대 후반이고 당시 농촌에 야학과 농촌 계몽운동이 불던 때이다.

아버지는 처음엔 딸을 공부시키는 것보다 아들이나 잘 가르치면 된다는 생각이 크셨다. 그러나 어머니는 생각이 달랐다. 여자도 배워서 사회에 한몫을 담당해야 한다고 생각하셨다.

60살이 넘도록 어머니는 위장병으로 고생하시면서도 1970년 초 어려운 시절, 딸들까지 대학 교육을 받게 하셨다. 세상을 험하게 살아와 위장병이 생겨 식사도 제대로 못 하고 약으로 살면서 바싹 마른 몸으로도 자녀교육에 대한 꿈을 놓지 않으셨다.

그런 어머니를 생각하면 너무 고맙고 가슴이 아프다. 그렇게 힘들게 가르쳐 주셨기에 함부로 살아서는 안 된다는 생각이 늘 내 머리에 있다.

위장이 불편해 밥 한 끼 편하게 못 드시던 어머니가 식사도 잘 하시며 몸에 살이 붙고 좋아지신 것은 71세 교회에 나가 하나님을 믿고부터이다. 그전까지는 자식들이 죽을까 봐 미신을 믿어 굿도 하고 절에 가서 부처님께도 빌고 손이 닳도록 빌며 자식이 오래 살 수 있다면 별것을 다 했다.

7남매를 낳아 넷을 잃었으니 자식의 명을 길게 해 준다면 무엇을 못 했겠는가?

어머니는 성경 말씀을 읽으며 마음의 평안을 찾으셨다.

15년을 평안함 가운데 윗마을에 있는 석문 교회를 다니며 신앙생활을 하시다가 86세에 하늘나라로 가셨다.

지금도 어머니의 강인한 생활력과 자녀교육의 혜안을 생각하면 감사하고 고개가 숙여진다.

어쩌면, 어머니의 구구단 셈법은 노후에 계산이 더 정확한 것 같다.

포화 속에 뿌린 생명

　마흔을 넘긴 어느 여름이었다. 방학 중이라 조금은 여유 있는 시간을 보내고 있는데 어머니께서 해 줄 말이 있다며 '나의 출생'에 대해서 말씀해 주셨다.

　6·25 전쟁이 한창일 때 아버지와 마을 사람들 몇 분은 가까운 향로봉 전투에 식량과 탄약 같은 군수품을 나르는 일로 가게 되었다고 한다. 그때 아버지가 30대 중반이었으니 한창 힘쓸 나이였다.

　몇 달 지나고, 같이 갔던 사람들이 하나둘 몰래 집에 돌아왔는데 아버지 혼자만 안 돌아왔다. 전쟁이 깊어지자 마을 사람들은 안전하다는 남쪽으로 피난을 가기 시작했다. 늦게까지 집에 남아 아버지를 기다리던 어머니도 어쩔 수 없이 네 살 된 손 위 오빠를 데리고 마지막 피난 대열에 참여했다고 한다.

　모두 아버지는 폭격에 사망했을 거라고 말했다. 어머니는 피난 갈 때 재봉틀 머리를 가지고 갔다고 하셨다. 바느질이라도 해서 혼자 생계를 꾸려야 할 것 같아서였다. 남쪽으로 가다가 안전하다는 마을의 먼 친척이 되는 집에 몇 가정이 단체로 묵으며 숙식하였다.

1951년 여름, 놀라운 일이 벌어졌다. 죽은 줄로만 알았던 아버지가 피난민 합숙 민가로 어머니를 찾아온 것이다. 전쟁이 소강 상태에 들자 군에서 군번 없는 용사들에게 집을 다녀오라고 배려해 준 것이다.

고향에 갔더니 모두 피난을 떠났고 남아 있던 연세 많은 어른이 피난민들이 함께 기거하는 마을을 알려 주었다고 한다.

합숙소에 있던 마을 사람들은 모두 놀랐다.

"죽었다고 생각한 사람이 살아왔으니 잔치를 해야겠구먼!"

피난살이지만 그날 저녁은 모처럼 음식을 푸짐하게 차려 먹고 기뻐했다고 한다. 막걸리를 거나하게 드신 마을 어르신이 농담하며 일을 벌이셨다.

"이보게, 병락이. 자네 죽은 줄 알았는데 다시 살아왔으니 오늘 신방을 차려줘야겠네."

마을 분들은 아버지와 어머니를 이 지방에서 '고방'이라 하는 작은 윗목 방에 강제로 끌어넣고 나오지 못하게 밖으로 문을 잠갔다고 한다.

얼떨결에 맞이한 신방, 그날 밤에 내가 잉태되었고 아버지는 하룻밤 주무시고 다시 전장으로 가셨다고 한다.

얼마 후 어머니는 꿈을 꾸었는데 튼실한 어미 닭이 알을 가득 품고 있는 꿈을 꾸고 태기를 느꼈다고 한다. 부끄럽기도 하지만 너 같은 딸을 주시려고 그날 저녁 그런 일이 있었던 것 같다고 말씀하셨다.

어찌 그런 포화 속에서 생명의 씨앗을 뿌리게 해 주셨을까?

내가 주께 감사함은 나를 지으심이 심히 기묘하심이라. (시 139:14)

1952년 5월, 점점 불러가는 배를 보며 어머니는 합동 숙소에서 해산하고 싶지 않아 움집을 지어 달라고 했다.

움집에서 나를 낳은 어머니는 먹지 못하고 산욕열로 몸이 붓고 눈이 잘 떠지지 않았다고 했다. 가까운 바닷가에 고등어가 많이 잡힌다는 소식을 듣고, 일주일 된 아기를 업고 바닷가에 나가 고등어를 사다가 푹 끓여서 먹었더니 눈이 떠지더라고 했다.

'아! 어머니는 전쟁 중에 나를 낳으시느라 그렇게 고생하셨구나…….'

오히려 어머니는 그렇게 어렵게 태어났는데 죽지 않고 잘 커 주어 고맙고 다행이라며 이런 말씀을 하셨다.

"태몽에 닭이 알을 가득 품은 것으로 보면 너는 아이를 많이 낳을 것 같구나!"

나는 어머니 말씀을 곰곰이 되뇌어 보았다. 어쩌면 그 아기는 육신의 자녀도 되겠지만 정신적인 자녀는 아닐까? 문학도 장르를 넘어 시, 수필, 동화, 시조, 소설을 쓰게 하시니 어머니 태몽의 영향일까? 그 알들을 부화시키려면 어미 닭은 얼마나 많은 수고를 하여야 할까?

억지로 갖다 붙인 해몽인지 모른다. 그래도 매년 5월, 내 생일이 있는 달이면 미소를 지으며 전쟁 중 마을 분들이 장난하며 차려 주었다는 작은 신방이 머릿속에 그려지고 아버지 어머니가 보고 싶어진다.

유채꽃 사랑

　새봄이 오면 어머니는 월동추 나물을 상에 올려 입맛을 돋우어 주곤 하셨다. 햇김치를 담기도 하시고, 데쳐서 고추장을 넣고 새콤달콤하게 무치거나 된장과 멸치를 넣어 구수하게 국을 끓여 상에 올렸다.

　월동추 나물은 봄을 느끼게 해주는 이른 봄 반찬이었다. 겨우내 묵은김치만 먹고 지내던 사람들의 봄을 타는 입에 식욕을 돋워 주는 유일한 채소였다.

　긴 겨울을 밭에서 월동하며 지낸 채소라 하여 고성에서는 월동추로 불리던 그 채소가 유채라는 이름으로 부른다는 것을 알게 된 것은 고등학교를 졸업한 후였다.

　이른 봄날, 남쪽 제주도의 넓은 들녘에서 노란 유채꽃이 넘실거리는 모습을 보도를 통하여 접하며 아득한 이국의 낭만을 느끼기도 했다.

　후에 직장 동료들과 제주도에 가서 유채꽃밭을 처음 접했을 때 감탄하며 환호하던 감동을 잊을 수 없다. 넓은 평원에 가득 넘실거리는 노랑꽃이 장관을 이루고 있었다.

우리 마을에서는 유채를 나물로 먹기 때문에 무리 지어 핀 소담스러운 꽃을 볼 수는 없었지만, 가끔 어머니는 밭에 듬성듬성 피어있는 노란 유채꽃을 꺾어 오시곤 하셨다.

유난히 꽃을 좋아하셨던 어머니는 밭이나 일터에서 돌아오실 때면 한 움큼의 꽃을 가져다주셨다. 봄이면 진달래와 유채꽃을 꺾어다 주셨고 가을이면 들국화를 꺾어와 물병에 꽂아 부엌이나 책상 위에 올려놓곤 했다.

꽃들은 환한 모습으로 집 안에 봄과 가을의 향기를 불러들였다.

물병에 꽂아놓은 유채꽃을 보며 노랑나비 한 무리가 봄소식을 가지고 방에 날아와 앉아있는 것 같은 착각에 잠기곤 하였다.

얼마 전 TV에서 유채꽃에 관한 보도를 접하게 되었다. 유채꽃 씨앗에서 기름을 내어 식용유로 사용하고, 연료로도 활용하는 기술을 개발하여 유채 재배 농가에 고소득을 안겨줄 수 있게 되었다고 한다.

이른 봄엔 나물로 미각을 돋우어 주고, 들녘을 화사하게 물들이며 노랑꽃 물결로 행복한 웃음을 짓게 하는 꽃, 작은 씨앗으로 식탁을 기름지게 하고 대체 연료가 되어 귀한 에너지까지 생산해 준다는 노란 풀꽃…….

유채꽃을 보며 작은 것이라도 나누시던 어머니가 생각난다. 유채꽃은 어머니를 닮았다는 생각이 든다. 바람에 휘청거리면서도 쓰러지지 않고 사람들에게 꽃과 향기와 기름을 주는 화려하지는 않아도 아름다운 유채꽃.

"어머니 감사해요! 어머니 덕분에 아름다운 가정 이루고 이웃과 사랑을 나누며 잘 살아가고 있어요."

오늘은 유난히 화창한 햇살이 들녘에 가득하다. 그 빛깔을 마음에 담아 그리움을 하늘로 띄운다.

어머니, 나의 어머니

참 이상한 일이다. 분명 어머니는 86세를 사신 후 하얀 모시옷을 입고 편안하게 하늘나라로 가셨건만 언제나 내 곁에 계신다.

거실에서 좋아하시던 종이학을 접고 계신 것 같고, 식탁에서 음식을 먹는 손주들을 바라보며 웃음 짓는 것 같고, 내가 누운 침대 옆에 누워서 지난날의 이야기들을 들려주시는 것만 같다.

노을이 드리워진 길에서 어머니 생각으로 가끔 눈시울이 젖을 때가 있다.

아버지가 돌아가신 후 우리 집에 오셔서 한동안 계셨는데 노인정에서 오시다가 퇴근하는 나를 만나면 물끄러미 바라보며 웃음을 지으셨다. 저녁노을 때문인지는 몰라도 그런 날은 어머니 얼굴이 엷은 홍조를 띤 것 같았다.

어려운 시절이었는데도 여자일지라도 배워서 사회를 위해 일하고 직장 생활도 해야 한다는 꿈을 가지셨던 어머니는 딸에게서나마 그 꿈을 성취하게 된 흐뭇한 대리만족의 미소는 아니셨을까?

긴 세월을 한과 근심으로 살아오신 날들이 많았지만, 어머니의 마지막 몇 년은 꽃처럼 아름다우셨다.

19살이 되던 해 두 살 위이신 아버지께 시집을 오셨다. 당시 증조부의 부실한 가계 관리로 가세가 기울어 몹시 가난하였다고 한다. 돈보다는 가문을 보고 혼인을 승낙하신 외할아버지께서는 집안의 경제가 그렇게 궁핍한 줄은 모르고 셋째 딸인 어머니를 황씨 가문에 시집보내겠다고 부친끼리 혼인 약속을 했다고 한다.

어느 날, 혼수 수예감을 들고 마실을 갔던 어머니는 초계리에서 시집을 와 집안 사정을 잘 아는 아주머니께 놀라운 소식을 들었다고 한다. 어머니가 시집가서 살 시가는 집안 형편이 너무나 어려운 집으로 시어머니도 안 계시고, 남편은 잘 먹지 못해 몸이 작고, 신랑감이 남의 집 일을 해 품삯을 받아 형님댁 살림을 돕는다고 했다.

시집가면 성격이 강한 맏동서 아래서 시집살이를 해야 할 것이라며 이렇게 말했다고 한다.

"너희 오라버니가 몸이 아파 힘든 건 알지만, 너희 부모가 어떻게 너를 그런 집으로 시집을 보내니?"

어머니는 시집을 안 가겠노라고 며칠을 단식하며 울었지만, 약속을 귀중히 여기는 외할아버지는 어머니를 가마에 끌어넣다시피 하여 시집을 보냈다고 한다.

아버지는 8살에 어머니가 돌아가셔서 형님댁에 살았는데 영양실조로 키가 자라지도 못해 아이 같았다고 첫날 본 신랑에 대한 인상을 말씀하셨다.

시어머니도 안 계시고 어려운 맏동서 아래서 초가 단칸방 중간에 가마니를 치고 아랫목에는 맏동서 내외, 윗목에는 새신랑 내외의 신방으로 신접살림을 시작한 어머니 마음은 어떠셨을까?

연년생으로 낳은 맏동서의 다섯 아들 중 어린 아기를 업어 주느라 새색시의 등에서는 언제나 지린내가 났다고 한다.

삶을 포기하고 싶은 날도 많았지만, 죽고 싶다고 생이 포기되는 것이 아님을 어머니는 스무 살의 꽃다운 나이에 깨닫게 되었다고 한다.

시집살이 5년 후, 분가하는 날, 초가 단칸에 보리쌀 석 되와 감자밭 두 이랑이 어머니의 신접살림 밑천 전부였다고 한다.

집안 어른들이 물동이, 함지박, 옹기 대접 등을 갖다주어 시작된 신접살림이었다. 살림을 나와도 새벽마다 큰집 일, 마을 일을 해 주러 가는 착한 남편을 보면서 어떻게 든 남편을 도와 성공해야겠다는 마음을 갖게 되었다고 한다.

어떻게 하면 돈을 벌어 논밭도 사고 잘 살 수 있을까?

매일 밤잠을 설치며 고심하던 어머니는 집 부근에 있는 옹기 도요지 주인을 찾아가서 옹기 장사를 해 볼 테니 도와달라고 하였단다. 옹기점 주인은 23살 새댁이 강인한 생활력과 의지를 보이니 앞날 성공하겠다며 옹기점에 나와 진흙 반죽 치대는 일을 하면 품삯으로 옹기를 주겠다고 하였다.

어머니는 다음날부터 옹기점에 나와 진흙 반죽을 떡메로 치는 일을 하였고 후에 품삯으로 받은 옹기를 이고 이 마을 저 마을로 옹기 행상을 다녔다고 한다.

어머니의 억척같은 생활력과 부지런하신 아버지의 노력으로 두 분은 50대에 농토를 만여 평 장만하는 대농이 되었다.

아버지 어머니 일과는 새벽 4시에 시작하여 밤 9시가 되어야 끝나셨다.

그렇게 부지런하게 열심히 살았지만 엄청난 시련들이 많았다. 추수하여 곡식을 쌓아놓은 집을 아이들 불장난으로, 전쟁 폭격으로, 생전에 집 세 채를 불태웠다고 한다.

어디 그뿐이랴! 7남매를 낳아 4남매를 잃으셨으니 어찌 마음에 깊은 병이 없었으랴. 어머니는 자식들이 오래 살게 해달라고 정성을 들이기 시작했다. 새벽에 일어나 장독대에 정화수를 떠놓고 빌고 절에 찾아가 부처님께 아들을 장수하게 해달라고 기도했다. 고된 농사일과 자식을 또 잃을까 봐 걱정과 염려로 늘 몸이 아프셨고 위장병을 앓으며 많은 날을 보내셨다.

평생 불안의 그림자를 안고 바람 앞에 켜둔 촛불처럼 그렇게 살아오셨다. 자식들이 조금만 아픈 기색이 있어도 밤잠을 못 주무시며 초조해하셨다.

그러던 어머니가 71세 되시던 해, 예수님을 믿으며 마음에 평안을 누리게 되었다. 인간은 누구나 자신에게 맡겨진 길이 있음을 알게 되었다. 성경 말씀대로 하나님께 모든 걸 맡기고 감사하며 이웃과 함께 살아가는 곳에 참된 기쁨과 생의 가치가 있음을 발견하게 되었다. 하나 남은 외아들이 잘못될까 봐 노심초사하던 마음이 엷어지고 심신에 평안을 찾으셨다.

3년 후, 아버지도 교회에 나가셨다. 아버지가 돌아가시기 전까지 두 분은 아침저녁으로 예배를 드리셨다. 방학 때마다 친정에 내려가면 볼 수 있는 아름다운 모습, 머리를 마주하시고 시조창을 하듯 찬송가를 부르고 성경 교독문을 번갈아 읽고 기도하던 그 모습은 영영 잊을 수가 없다.

아버지가 돌아가신 후 어머니는 3년을 더 사셨다. 초계리 집에서 혼자 일 년 정도 사시다가 자식들의 권유로 삼 남매가 사는 부천에서 손주들 재롱을 보며 즐거운 노후를 보내셨다.

종이접기로 학, 오리, 꽃 만드는 것을 배우셔서 노인정의 친구들과 자식들에게 나누어 주셨다. 이사를 몇 번이나 다니며 나는 아직도 어머니가 주신 그 커다란 종이학을 버리지 못하고 있다.

외손녀딸이 교대를 졸업하고 발령을 받아 처음 부임지 학교에 가던 날, 색깔별로 주름 종이를 사다가 소담한 장미꽃 바구니를 만들어 손녀의 교직의 길을 축복해 주시던 어머니!

어린이날이면 담임한 아이들에게 주라고 아이들 인원수만큼 막대사탕을 사다가 장미꽃을 만들어 붙여서 나와 딸에게 주어 아이들을 감동하게 했던 어머니!

내가 힘들 때면 받침 없는 서투른 글씨로 편지를 써 우편으로 보내 주셔서 감동과 위로를 주시던 어머니…….

짧은 글로 그 지극하고 멋진 사랑을 어찌 말로 다 표현할 수 있을까!

나이 들어 더 공부한답시고 어머니께 잘 해드리지 못한 것이 늘 마음에 걸린다. 이가 안 좋으셨던 어머니께 무나물이나 호박나물 같은 부드러운 음식을 좀 더 해드리지 못한 것도 죄송하다. 언제나 건강과 동기 간의 화목을 강조하셨던 어머니께서 생전에 해 주셨던 말씀 몇 마디가 생각난다.

"내가 이 말을 했을 때 상대방이 어떻게 생각할지 생각해 보고 말하거라."

"열 길 물속은 알아도 한 길 사람 마음속은 알 수 없단다."

"곡식은 땅에 쏟아져도 쓸어 담으면 되지만 말과 물은 쏟아지면 쓸어 담기가 어렵단다."

"집은 사람을 담는 그릇이란다. 그릇이 정갈해야 음식이 맛있어 보이듯 집이 깨끗해야 그 안에 사는 사람들이 품위가 있어 보인단다."

"나는 성을 쌓고 남은 돌인데 가꾸어 뭘 하니. 인생의 성을 쌓고 있는 너희들이나 잘 단장하거라."

지금 이 글을 쓰는데 소곤소곤 말씀하시는 어머니의 목소리가 들려오는 것만 같다. 하늘나라에서 당신이 사랑하셨던 자식들과 이 땅의 모두를 위해 기도하고 계실 어머니, 나의 어머니!

2부   국수 뽑는 날

추억의 화전놀이

봄이 무르익고 있다. 개나리, 진달래를 비롯하여 봄꽃이 만발하고 농사일도 바빠졌다.

내가 초등학교에 다닐 적, 해마다 이맘때쯤이면 마을에 화전놀이가 있었다. 못자리를 끝내고 감자 옥수수도 심어 놓은 후, 모내기를 앞두고 치러지는 마을 아낙네들의 봄꽃 놀이였다. 물 좋고 그늘 좋은 산골짜기에 터를 잡고 진달래꽃을 따서 화전을 부쳐 먹으며 하루를 즐기는 화전놀이는 마을 연중행사의 하나였다.

평소에 완고하던 남편이나 엄한 시어머니들도 이날 하루만은 아내나 며느리에게 집안일 걱정하지 말고 하루 푹 쉬며 즐겁게 놀고 오라는 무언의 배려가 있었다. 시간적인 배려뿐만 아니라 음식을 만들어 먹는 솥단지, 그릇, 음식 재료들을 달구지로 실어다 주고 산자락의 공지를 평평하게 골라 화전놀이 터까지 마련해 주기도 하였다. 그동안 힘들었던 일들을 모두 잊어버리고 재충전하여 일 년 농사일을 잘 내조하길 바라는 남편과 시어른들의 배려가 화전놀이에 담겨있는 듯하다.

화전놀이가 있는 날은 공부가 잘되지 않았다. 어서 학교 공부가 끝나길 기다리던 아이들은 하굣길, 십 리 길을 부리나케 달려 화전 놀이하는 골짜기로 갔다. 나이 든 분들은 장구를 치고 춤을 추며 흥겹게 놀고 젊은 엄마들은 음식 준비로 바쁘게 일하는 모습이 보였다.

진달래 빛을 닮아서였을까? 흥을 돋우느라 마신 농주 때문이었을까? 마을 아주머니들의 얼굴이 발그레 상기되어 있었다.

어느 해인지 기억나지는 않지만, 평소에 강인하게 느껴졌던 친구 어머니가 화전놀이를 하며 서럽게 울고 있는 모습을 보게 되었다. 마을 아주머니들이 친구 엄마를 얼싸안으며 위로하는 모습을 먼발치에서 보면서 의아하게 생각했었는데 그동안 쌓인 한을 토해내는 시간이었다는 것을 알게 된 것은 한참 후였다.

전쟁을 겪으며 남편을 잃고, 생활고에 시달리며 가슴 저리게 살아온 인생의 한과 슬픔을 풀고 활력을 재충전하는 날이었고, 봄꽃이 아낙네들의 한을 조금은 거두어 갔을까?

화전놀이 하는 날은 조무래기들도 신나는 날이다. 아이들은 화전놀이 하는 곳이 바라보이는 곳에 자리를 잡아 진달래, 철쭉, 소나무 가지를 꺾어다 울타리를 만들고 우리만의 아늑한 공간을 만들었다.

엄마들은 그 안에 자리를 깔아 주었고 떡과 부침개도 갖다주었다. 간혹 소나무 속껍질에 고인 달콤한 송기 물을 빨아 먹기도 하며 아이들도 덩달아 신나는 하루였다.

"아리 아리랑, 스리 스리랑 아리리가 났네~ 아리랑 고개로 날
넘겨주소~"
"에헤야 노야 노야~ 에헤야 노야~ 어기여차~ 뱃놀이 가잖다~"

엄마들을 장구를 치고 음식도 만들어 먹고 놀다가 저녁노을이
물들면 슬금슬금 자리를 걷고 집으로 갈 준비를 하셨다.
엄마들의 화전놀이, 그 소중한 추억은 지금도 퇴색되지 않은
수채화처럼 머릿속에 아련하게 남아 있다.

국수 뽑는 날

　지금은 밀 재배를 하는 농가가 별로 없지만 내가 초등학교 다니던 시절에는 집집이 밀을 재배하여 밀가루를 직접 만들어 먹었다. 밀뿐만 아니라 농촌에서는 모든 식량을 자급자족하였다.

　상수도가 없던 시절 흙 마당에서 타작한 밀을 씻어 건조하는 일은 쉬운 일이 아니었다. 서쪽 하늘 노을이 유난히 빨갛게 불타는 여름날 저녁이면, 어머니는 내게 이렇게 말씀하셨다.

　"저녁노을을 보니 내일은 날씨가 맑고 무더울 것 같아! 밀을 이셔야겠어.(밀을 물에 담가 잡티를 제거하고 밀과 모래를 분리하는 작업) 일찍 일어나 좀 도와 주거라."

　이튿날, 새벽부터 일이 시작되었다. 하루 동안 밀을 건조하려면 해가 뜨기 전에 밀을 씻어 물기를 빼야 한다. 어머니는 우물에서 일하시고 아버지와 나는 밀을 날랐다. 우물가로 갈 때는 마른 밀을, 집에 올 때는 이셔 놓은 젖은 밀을 가져와 마당에 널었다.

　해가 떠오르면 멍석의 밀을 뒤집어 가며 온종일 햇볕에 말렸다. 저녁나절, 밀 한 알을 입에 넣고 깨물었을 때 '딱' 소리가 나야 건조가 잘 된 것이다. 제대로 말리지 않으면 밀가루에서 벌레가 생기고 맛도 변하기 때문에 밀을 말리는 일은 아주 중요한 일이었다.

그렇게 말린 밀은 정미소에서 밀가루가 되었고 밀가루뿐만 아니라 밀기울이라 부르는 껍질로 누룩을 만들어 농주를 담아 아버지는 그 막걸리를 마시며 일하실 때 힘을 얻곤 하셨다 밀가루와 막걸리는 우리가 좋아하는 술빵의 원료가 되기도 하였다.

신나는 일은 밀가루로 국수를 뽑는 일이다. 집마다 돌아가며 국수 뽑는 날을 정해서 기술자 아저씨한테 연락하면 정해진 날짜에 기계를 가지고 와서 국수를 뽑아 마당 한가득 널어 말렸다.

뭉툭한 밀가루 반죽이 머리빗처럼 가느다란 국수 가락이 되어 기계에서 술술 빠져나오는 모습은 그렇게도 신기할 수가 없었다.

처음엔 부들부들하던 국수가 살랑 바람과 햇볕에 잘 말라 빳빳하게 굳어 가는 모습을 보는 일은 정말 재미있었다. 떨어진 국수 한 가닥을 입에 넣으면 짭조름한 생 밀가루 냄새가 났다.

철부지 조무래기들은 어른들 눈을 피해 국숫발 사이를 뛰어다니며 숨바꼭질하려다가 야단을 맞고 도망치기도 하였다.

저녁나절, 잘 마른 국수를 나무판 위에 올려놓고 대나무 자로 크기를 맞춰 넓적한 칼로 잘랐다. 두툼한 부피의 국수를 신문지로 띠를 둘러 종이 상자에 담았다.

일부는 식량으로 보관해 놓고 일부는 그날 저녁 마을 사람들을 불러 국수 잔치를 하였다. 반찬은 열무김치, 호박나물, 양념간장 뿐이었지만 맛있는 저녁상이었다.

  푸짐하게 국수 잔치를 한 후, 어른들은 마당에 멍석을 펴고 앉아 이런저런 이야기를 나누고 아이들은 밤이 이슥하도록 술래잡기 놀이를 했다.

  마당에는 모기를 쫓는 쑥불을 피웠다. 초가지붕 위에는 박꽃이 하얗게 피었고 하늘에는 은하수가 동쪽 편으로 치우쳐 있었다. 아버지는 은하수가 하늘 중앙에 똑바로 오면 가을이 되어 벼를 벤다고 하셨다.

  별자리가 뭔지도 모르던 시절 여름밤이면 나는 '별도 걸어가나?' 하는 특별한 생각을 했고 밤하늘의 별이 자리를 움직인다는 것을 어슴푸레 알게 되었다.

  술래잡기 놀이는 어른들이 잘 시간이라고 불러서야 끝이 났다. 졸음을 참지 못한 동생들을 멍석 위에서 잠이 들었는데 동생을 깨워 방으로 들어오다가 본 밤하늘에는 별이 총총했다.

  국수 뽑는 날은 즐거운 날이었고 아이들은 다음엔 누구네 집에서 국수를 뽑지? 하며 국수 뽑는 날을 손꼽아 기다렸다.

  요즘엔 가게에 가면 쉽게 살 수 있는 국수이지만 국수 한 가닥에 담겨있는 추억은 국숫발처럼 길고 소중하다. 요즘 아이들이 들으면 아주 먼 옛날의 이야기라 할지 모르나, 불과 사오십 년 전

우리 농촌 모습이다.

　돈만 있으면 무엇이든 쉽게 살 수 있는 편리한 세상이 왔지만, 밀 농사를 지어 밀가루를 만들고, 국수를 뽑아 먹으며 어려운 형편에서도 서로 정을 나누던 그 풋풋한 시절이 그리워진다.

간장 종지

우리 집에는 특별한 종지가 하나 있다. 연두색과 청색의 중간 색을 띤 사기로 만든 조그만 간장을 담는 종지이다. 내가 특별하다고 표현한 것은 이 종지가 시어머님께 받은 유일한 유품이기 때문이다.

시어머님은 내가 결혼하기 전, 50대 초반에 뇌출혈로 쓰러지셔서 한동안 의식을 찾지 못하셨고 몸을 못 쓰셨다고 한다.

자식들의 극진한 간호 덕분에 어느 정도 치유되셔서 집안에서 활동하실 정도로 회복은 되셨지만, 장거리 외출은 못 하셨고 자식들의 결혼 같은 큰일을 챙겨주실 기력이 없으셨다. 남편이 둘째 아들인데 결혼식에도 참석 못 하셨으니 얼마나 마음이 아프셨을까?

어느 해 여름방학에 시댁에 갔었다. 시댁이 전의(지금의 세종시)라 거리가 먼 데다가 교통이 여의찮고 직장까지 다니고 있어 자주는 못 가고 명절이나 부모님 생신날, 방학 때면 찾아뵙곤 하였다. 시어머니는 내가 결혼하고 나서 차츰차츰 몸이 좋아지셨다.

건강을 어느 정도 회복하셔서 부엌일도 하시고 거동하실 때이다.

식사를 마치고 설거지하는데 부엌 선반 구석에 똑같이 생긴 종지가 몇 개 있었다.

"어머님, 이 종지 하나 저 주시겠어요?"

"그래, 가져가거라!"

나는 간장 종지를 신문지에 잘 싸서 가방에 넣었다. 먼 훗날 시어머니가 돌아가시고 안 계실 때를 생각해서 시어머니가 쓰시던 그릇 한 가지만이라도 유품으로 간직하고 싶은 마음이었다.

시어머니는 1988년에 돌아가셨다. 자식들이 모두 도시에 나가 살게 되어 부모님 사시던 시골집도 없어지고 원거리에서 사느라 시부모님이 물려주신 유품도 하나 물려받지 못했다.

작은 종지를 들여다보며 자식 육 남매를 낳아 기르고 억척같이 일하다가 병을 만나 고생하시고 하늘나라 가신 시어머님의 일생을 생각해 본다.

내가 1975년에 결혼하였는데 시어머님은 건강이 좋아지셔서 1979년에 우리 집에 오셨다. 아들이 먼 타향에서 아들딸 낳고 잘 사는 모습을 보며 너무나 좋아하셨다. 그때 남편이 고성고등학교에 근무하여 대대리에 집을 마련하여 살 때다. 거진항에 모시고 갔는데 내륙 지방에 사신 어머니는 이렇게 많은 물을 처음 보았다며 푸른 바다를 보고 좋아하시던 모습이 지금도 눈에 선하다.

남편은 가끔 어머니에 관한 일들을 말하곤 한다.

"어머니는 일을 참 잘하셨었지. 음식도 잘하시고 바느질 솜씨도 좋으셨고, 아프시기 전에는 손수 콩 농사를 지어 메주를 쑤어 간장을 담그셨어. 두부를 손수 만들어 따끈한 두부를 소반에 담고 이 종지에 간장을 담아 마루로 가져오시던 어머니 모습이 눈에 선하네……."

그렇게 말할 때면 남편의 얼굴엔 어머님에 대한 그리움이 가득했다.

그런 날 저녁이면 두부를 사다가 따끈하게 데우고 양념간장을 만들어 간장 종지에 담아 식탁에 올려놓았다. 소반이 아닌 식탁이고, 만든 두부가 아닌 사 온 두부이긴 하지만 어릴 때 보던 간장 종지에서 어머니를 느끼게 해 주고 싶은 마음에서였다.

젊었을 때는 건강한 시어머니의 사랑을 받는 친구들이 부럽던 적이 간혹 있었다. 세 아이를 키우고 직장 생활하며 김장철마다 시집에서 김치를 가져오는 직장 동료들을 보며 밤늦게 혼자 김치를 담을 땐 쓸쓸해지곤 했다.

그러나 딸을 시집보내고 며느리를 얻고 보니 잘해주고 싶어도 사정이 허락지 않은 부모의 마음을 알게 되었다. 간장 종지를 보며 시어머니의 안타까워하던 얼굴과 푸근한 얼굴이 가끔 생각난다.

크고 값진 것은 아닐지라도 부모님이 쓰시던 작은 물건에 담긴 추억을 회상할 수 있다는 건 소중한 일이다. 그 물건을 쓰던 분의 인품이 아름답고 따뜻했기에 그 물건이 오래도록 소중해지는 것이리라.

정선이와 독일 꽃밭

　내가 초등학교 다니던 1960년대는 마을마다 아이들이 많았다. 지금은 폐교되어 영재교육원으로 쓰고 있는 모교(초계초등학교)도 한때는 300명이 넘는 학생들이 있었다.

　초등학교 친구 중 가장 친한 친구가 황정선이었다. 어릴 적 나와 정선이는 7살에 입학한 키도 작고 몸도 왜소한 아이들이었다. 학교가 끝나면 책보를 허리에 질끈 매고 냅다 집을 향해 산길을 뛰어가는 씩씩한 친구들을 따라가다 보면 숨이 턱에 찼다.

　어느 날부터 우리는 친구들을 따라 뛰어가는 것을 포기하고 둘이 천천히 걸어서 집으로 가자고 했다. 십 리 길을 이런저런 이야기를 하며 걸어서 집으로 가는 일은 생각보다 즐거웠다. 계절마다 피는 꽃이 다르고 산새 노랫소리도 달랐다. 간혹 다람쥐들이 쪼르르 앞서가며 길동무가 되어 주기도 했다.

　책 읽기를 좋아했던 우리는 초등학교 때는 옛날이야기나 동화 이야기를 했고 중학교 때는 연속극, 연애소설, 명작 소설 줄거리와 주인공들에 관한 이야기로 얼마나 즐거웠는지 모른다.

　집에 가다가 목이 마르면 양지 고개에 있는 샘물에서 가랑잎으로 고깔 컵을 만들어 물을 마시며 목을 축였다. 가을이면 작은 소나무 아래 숨겨놓은 고구마를 찾아서 같이 나눠 먹으며 집으로 오곤 했다. 사계절 솔잎 향과 풀꽃 향기가 은은한 행복한 등하굣 길이었다.

이렇게 행복했던 시간은 정선이가 고등학교를 멀리 강릉 간호 고등학교로 진학하게 되어 끝이 났다. 정선이가 떠나고 혼자 걷는 길이 외로워 영어 단어나 암기 교과목의 노트 필기를 외우며 산길을 걸어 학교에 다녔다.

정선이는 간호 고등학교를 졸업하고 강원도립병원에 근무하다가 1970년 초반에 파독 간호사로 독일에 갔다. 이른바 달러를 벌어와 어려웠던 우리나라 경제의 근간에 큰 도움을 준 고마운 간호사 중의 한 명이 내 친구 정선이다.

정선이는 독일에서 광부인 한국인 남자를 만나 결혼하여 아들 둘을 낳았다. 그들이 낯설고 물선 이국에서 얼마나 열심히 살았는지는 말 안 해도 짐작이 간다. 독일에 가서 간호사로 근무하며 남편을 내조하는 아름다운 가정의 꽃밭을 일구고 자식을 낳아 키우며 교육하느라 얼마나 힘들었을까?

정선이는 독일 병원에서 당당하게 수간호사로 일하며 모든 환자를 친절하게 잘 돌봐 주는 존경받는 간호사였다고 한다. 자녀교육도 잘해 두 아들을 의사와 변호사로 훌륭하게 키웠다.

너희 부부는 우리나라에 도움을 준 고마운 분들이라고 하였더니 가족들을 위하는 마음에서였고 자신들이 좋아서 선택한 길이니 너무 미화하지 말라며 겸손하게 웃었다.

3년 전, 그 친구 정선이가 한국에 온다고 하여 마음이 설렜다.

평생 일한 병원에서 정년 퇴임하고 남편과 잠시 귀국한다고 하였다. 고향 부근에 집을 얻어 6개월 정도 지내며 고향 집터도 가보고, 친척 집도 방문하고, 그 밖에 가보고 싶은 한국의 관광지 몇 군데를 가보고 싶다고 하였다. 이십 대 초반의 꽃다운 나이에 고국을 떠났으니 얼마나 가고 싶은 곳이 많을까?

정선이가 고성에 온다는 날은 마침 고성중학교 3학년 때 정선이 담임선생님이셨던 이영춘 시인님께서 고성군 도서관에 오셔서 강원문인협회 주최의 '찾아가는 문학 교실' 강의를 하시는 날이었다. 정선이는 선생님과 몇 번 메일을 주고받았지만 직접 만나기는 중학교를 졸업한 후 처음이라며 가슴이 두근두근한다고 했다.

50여 년 후의 사제 간의 만남이다. 선생님께 정성껏 마련한 꽃다발을 드리며 눈물이 글썽한 정선이는 생각한 대로 선생님은 아직 곱고 자기가 더 늙은 것 같다고 말하며 웃었다.

마침 제3회 초계리 예술전시회(초예전)를 할 때였는데 문학소녀였던 그녀가 시조의 음수율을 잊지 않고 아래의 「고향 방문」이라는 시조를 전시하여 기뻐하였고 의미가 컸다.

50년 만에 고향을 그리움에 찾아오니
산천도 변함없고 옛 동무도 반겨주네
지난날 어린 꿈들을 다시 꺼내 꽃 피울까

스무 살 꽃다운 나이에 독일로 떠났지만
눈감으면 떠오르는 그리운 초계리
반가운 얼굴들 가득한 푸근한 고향 마을

-황정선 작, 시조 「고향 방문」 전문

6개월이 지나고 정선이는 독일로 돌아갔다. 독일에서 두 아들 내외의 공경을 받고 손주들의 재롱을 보며 다복하게 살고 있다.

타국에서 적응하기 어려운 척박한 땅을 일구어 아름다운 가정의 꽃밭을 이룬 내 소꿉친구 정선이의 노후가 건강하고 행복하길 바란다.

세월이 가면

내게는 다섯 살 더 나이 많은 오빠가 계셨다. 어릴 적부터 총명하였고 7살 때 천자문을 떼어 신동이라고 불렸다는 오빠, 그런데 마음 아프게도 61세에 하늘나라로 가셨다.

오빠는 공부도 잘했지만, 감수성이 풍부하여 글도 잘 썼다. 내가 이렇게 글을 쓰는 것도 오빠에게서 받은 영향이 크다.

고성중학교 3학년 때 친구들을 집으로 불러 방 중간을 천으로 막아 무대를 꾸미고 나무판을 발판으로 올려놓고 그 위에서 시 낭송을 한다고 법석이었다. 당시 초등학교 4학년이던 나는 숨어서 그 광경을 훔쳐보았고 혼자 있을 때 일기를 읽으며 오빠들 모습을 흉내 내어 보기도 했다.

오빠는 고성중학교를 졸업하고 춘천고등학교에 진학하였다. 춘고 다닐 때도 글을 잘 써서 교지에 글을 싣기도 하였다. 고2 때 같은 반에 글을 잘 쓰는 한수산이라는 친구가 있었는데 국어 선생님이셨던 담임선생님은 두 사람을 늘 격려해 주셨다고 한다. 그 친구가 『부초』를 쓴 소설가 한수산 작가인 것 같다.

경제적으로 어려운 시절임에도 자식 여럿을 잃은 슬픔 때문에 엄마는 오빠가 살아 있는 게 효도한다고 생각하였고 오빠가 원하는 것은 모두 들어 주었다. 오빠는 착했고 지나친 요구는 하지 않았다.

책을 좋아하는 오빠는 당시 고등학생들이 애독하는 월간 문예지 〈학원〉을 정기 구독하게 해 달라고 하였는데 부모님은 쾌히 그 청을 들어주셨다. 오빠 덕분에 나도 그 시절 농촌에서는 생각할 수 없는 월간지를 읽으며 청소년기를 보냈다. 그 같은 독서 훈련으로 이렇게 글을 쓰게 되었는지도 모른다.

오빠는 친구들도 많아 여름방학이면 춘천 친구들을 고성 집에 오게 하여 바다 구경을 시켜 주었고 대학에 가서도 여전하였다. 외아들을 키우신 부모님은 오빠 친구들에게까지 아들처럼 극진하게 대해 주셨다.

오빠는 노래를 잘하지는 못해도 노래 부르기를 좋아했다.

내게 이런저런 노래를 가르쳐 주었는데 여러 노래 중 미국민요인 '홍하의 골짜기'를 영어로 가르쳐 준 게 생각난다. 그때 배운 노래 일부를 지금도 영어로 외워 부를 수 있으니 얼마나 정성 들여 가르쳐 주었는지 알 것 같다. 그 밖에 자주 부르던 노래 가사가 생각난다.

"아침 바다 갈매기는 금빛을 싣고……", "아 목동들의 피리 소리들은 산골짝마다 울려 나오고……", "오가며 그 집 앞을 지나노

라면……" 등으로 시작하는 가곡이나 동요를 방학 때 집에 내려
와 가르쳐 주었다. 나는 그런 오빠가 좋았다.

후에 첫 시집과 수필집을 발간할 때도 출판사 대표님과 좋
은 교분을 맺고 있던 오빠의 주선으로 책을 저렴하게 발간할 수
있었다.

오빠는 대학 다닐 때 여자 친구도 사귀었는데 여자 친구 사진
을 내게 보여주기도 하였다. 그 사랑이 오래도록 이루어지지는
않았지만, 가을이면 눈을 감고 박인환의 '세월이 가면'이라는 시
도 낭송하고 노래도 불러 가사와 가락을 익히게 되었다.

40대에 질병을 얻어 잘 관리하긴 했지만 여러 번의 수술로 장
이 유착되어 그 후유증으로 회갑을 지난 아쉬운 나이에 세상을
떠나셨다.

오빠는 아버지 어머니 산소 아래 아늑한 자리에 묻히셨다.

"부모님이 당신들은 자수성가하느라 돈도 써 보지 못했으니
우리는 힘들게 가르친 만큼 이다음 고향 마을 위해 좋은 일 많이
하라고 했는데 오빠 왜 그 어두운 무덤 안에 들어가 계셔요? 같
이 고향을 위해 일하면 얼마나 좋겠어요……."

처음 오빠 무덤에 가서 한 말이다. 몇 년 동안 울먹이다가 어느
때부터 "오빠, 하늘나라에서 편안히 안식하시고 우리 자매가 그
일을 할 수 있도록 기도해 주세요!" 하고 영혼의 평안을 위해 기
도했다.

지금도 가끔 오빠가 보고 싶을 때가 있다.

"지금 그 사람 이름은 잊었지만…… 세월은 가고 추억은 남는 것 여름날의 호숫가 가을에 정원……."

오빠의 목소리가 그리운 메아리가 되어 가슴을 적신다.

미애의 눈물

    교직에 있을 때의 일이다. 멀리 전라남도 해남으로 전학 간 미애의 새 학교에서 전학 서류 송부 요청이 왔다. 학적부를 정리하면서 생활기록부에 붙어 있는 아이의 사진을 바라보던 나는 진한 아픔 같은 것이 번져와 자리에서 일어나 교실 밖으로 얼른 시선을 돌렸다. 유리창 너머로 미애의 부스스한 머리와 물기 있는 큰 눈이 자꾸 눈앞에 어른거렸다.

    새 학년이 시작되어 2학년을 담임하게 되었다. 아직은 1학년 티를 벗지 못하는 장난기 가득한 아이들과의 생활이 힘들 때도 있지만 천진하고 귀여운 모습은 입가에 늘 미소를 감돌게 한다.

    아이들 학교생활의 특성을 살펴보던 학기 초 어느 날 맨 뒤에 앉은 덩치가 큰 여자아이에게 관심이 가기 시작하였다. 그 아이가 미애였다.

    눈이 크고 얼굴빛이 흰 편인 미애는 언제나 말이 없고 온종일 책상 가득히 종이를 어질러 놓은 채, 자기 하고 싶은 것만 하는 아이였다. 자기 책상 정리 정돈은 고사하고 주변 가득 종이 찢은 것을 어질러 놓아 아이들의 핀잔을 받곤 하였다. 책상 속과 주변을 정돈해 주어도 잠시 후면 도로 어질러 놓고 수업 시간에도 주의 집중을 하지 않고 혼자 하고 싶은 것만 하였다. 가정환경 조사서를 살펴보니 부모와 2살 아래인 취학 전 남동생이 있었다.

미애에 관해 상담하고 싶어 부모님께 전화를 드렸으나 통화가 안 되었다. 미애의 말로는 아빠 엄마 모두 공장에 나가 일을 한다고 하였다. 경제적으로 어려워 아이한테 관심을 쏟지 못하고 있다는 생각이 들었다.

학교에 있는 시간만이라도 아이에게 관심을 가지고 보살펴 주는 일이 내가 해 줄 수 있는 일이었다. 아이도 내 마음을 알았는지 차츰 표정이 밝아지고 주변을 어지럽히던 습관도 나아져 갔다.

5월 초순 무렵이었다. 한동안 밝아지던 미애의 얼굴에 다시 어두운 그늘이 생겼다. 아이에게 가정 형편을 좀 물어보고 싶어도 섣불리 말을 꺼낼 수가 없었다.

그날은 담임 재량 시간이 있었다. 가정의 달이라 부모의 사랑에 관한 이야기를 아이들에게 들려주려고 전래동화 「반쪽이」를 준비하였다.

태어날 적부터 얼굴이 반쪽으로 흉측하게 생긴 아들을 둔 엄마가 있었는데 주위 사람들이 아이를 갖다 버리라고 하여도 끝까지 고생하며 지극 정성으로 아들을 보살폈다. 덕분에 후에 착한 며느리를 얻게 되고 며느리의 지혜로 아들이 마법이 풀려 얼굴도 온전하게 돌아와 오래도록 행복하게 잘살게 되었다는 내용의 이야기였다.

그림을 곁들인 동화 구연으로 아이들은 이야기에 모두 푹 빠져들었고 미애도 교실 앞자리에 나와 앉아 이야기를 재미있게 듣고 있었다.

이야기가 결말 부근에 이르렀고 어머니의 사랑은 지극하다는 이야기로 마무리가 되어가고 있을 때였다. 갑자기 미애가 손을 번쩍 들더니 질문이 있다는 것이었다.

아이들은 재미있는 이야기의 맥을 끊어놓았다는 아쉬운 표정으로 미애를 쳐다보았고 나 역시 조금 의아했지만 모처럼 미애가 질문해서 어서 말해 보라고 하였다. 아이는 평소와는 달리 수줍음도 없이 단호하게 쏘아대듯 말하는 것이었다.

"선생님, 그런데 우리 엄마는 왜 우릴 버리고 도망갔어요?"

순간 나도 당황했고, 눈치가 빠른 아이들은 의외라는 표정으로 미애를 쳐다보며 술렁거렸다. 아이가 난처해지지 않도록 얼른 화제를 바꾸어 이야기를 마무리하였다.

그날 오후, 미애에게 뜻밖의 이야기를 들었다. 엄마가 집을 나가서 이웃에 사는 고모 집에서 학교에 다닌다며 고모 앞에서 엄마 이야기를 하면 혼이 난다는 것이었다. 또한 얼마 있으면 할아버지와 할머니가 계시는 해남으로 전학을 간다고 했다.

이튿날, 미애 고모와 조용히 이야기를 나눌 수 있는 시간을 마련하였다. 미애 아버지의 손위 누나로 후덕하게 생긴 그녀는 모든 일을 숨김없이 내게 이야기했다. 다른 남자와 정분이 나서 세 번이나 돈을 훔쳐 집을 나간 미애 엄마를 더 이상 용서할 수 없어 이혼시키고 아이들은 시골 친정 부모님께 내려보내기로 했다는 것이다.

아이들을 생각해서 두 번이나 용서해 주었는데도 자식을 버리고 갔으니 짐승보다도 못하다고 욕을 하며 하소연까지 하였다.

교직에 있다 보면 가장 가슴 아픈 경우가 이 같은 일이다. 어른들의 욕심과 무책임으로 동심이 멍들어 가는 아이들을 바라보아야만 하는 교사의 아픈 마음은 뭐라 표현할 수 없다.

이튿날, 미애는 모처럼 머리도 단정하게 빗고 새 옷으로 갈아입고 학교에 나왔다. 미애 고모님의 따뜻한 배려이었으리라.

아이들은 얼룩진 옷에 빗질하지 않은 머리로 학교에 오던 미애가 새 옷을 갈아입어 몰라보게 깔끔해진 모습을 바라보며 신기해하였고, 며칠 후 미애가 전학을 간다고 하자 더 놀라워했다.

음악 시간에 미애에게 노래를 불러 보겠느냐고 물었다. 미애는 수줍은 표정이었지만 고개를 끄덕였다. 오르간 반주에 맞추어 노래 부르는 미애의 목소리는 아름다웠다.

"빨강 빨강 종이로 무얼 접을까, 파랑 파랑 종이로 무얼 접을까……."

노래 끝부분에서 아이는 눈물을 흘리고 있었다. 노래가 끝나자 아이들은 크게 손뼉을 쳤다. 나는 미애를 가슴에 안으며 기도했다.

'이 아이가 조부모님의 사랑을 받고 잘 자라서 먼 훗날 정말 행복한 가정을 이루게 해 주세요…….'

선물로 준 크레파스와 스케치북을 받아 들고 미애는 떠나갔다. 가끔 해풍에 머리칼을 날리며 바다를 우두커니 바라보고 있을 아이의 모습을 생각나 가슴이 저린다.

징그러운 반쪽이를 끝까지 사랑한 엄마도 있는데 우리 엄마는 왜 우리를 버리고 왜 도망갔느냐고 따지며 글썽이던 눈물은 가정을 깨뜨리는 추한 어른들을 향한 분노의 눈물일지도 모른다.

'미애야, 너는 이다음에 정말 좋은 엄마가 되거라!'

초록색이던 교정의 넓은 후박나무 이파리에 갈색 물이 들어가고 있었다.

혜정이 결혼하던 날

봄비가 촉촉이 내리는 2월 둘째 주말 혜정이가 결혼을 했다.

혜정이는 내가 다니는 교회에 청년으로 실용음악을 전공하였다. 얼마 전 K시로 가족들 모두 이사 가서 만날 기회가 없었는데 결혼 소식을 알려 와 결혼식에 참석하게 되었다.

교회 반주를 하며 모험심이 많던 혜정이는 '코이카' 일원으로 우리나라와 거의 반대쪽에 있는 에콰도르로 자원해서 봉사활동을 갔다가 이민 가정의 잘생긴 한인 2세 총각을 만나 사랑에 빠지고 결혼을 하게 되었다.

신랑 신부와 양가 부모 모두 아름다웠다. 주례 목사님이 사람들은 자신의 생명을 하나님이 지으셨다는 것은 알아도 남편과 아내를 예비하고 짝 지워 주신 것은 잘 깨닫지 못하는 것 같다고 말씀하셨다. 몇 년 전까지만 해도 서로 알지도 못하고 생각지도 못했던 먼 나라의 교포 2세 청년에게 시집가는 혜정 양의 기적 같은 만남이 그러하다며 신부와 신랑을 축복하셨다.

그리고 결혼은 '눈'과 '손'과 '마음'으로 한다고 하셨다. 먼저 사람을 만나 눈으로 보고 끌리는 마음이 있어야 하고, 손을 잡았을 때 따뜻하고 설레는 마음이 있어야 하고, 마음과 마음이 서로 연합하였을 때 진정한 사랑이 싹트게 된다고 하셨다.

나는 이 말씀을 들으며 이른 봄날 기지개를 켜는 나무의 새순이 생각났다. 앙상한 가지 속에서 추위를 견디다 눈을 뜨고 나오는 새순, 보드라운 생명을 감싸 안는 햇살, 그 모습을 지켜보는 땅, 세 가지 모두 자연이 주는 은총이다.

이제 며칠 후면 혜정이는 남편을 따라 시댁이 있는 에콰도르로 출국한다고 한다. 이 결혼을 준비하는 부모의 마음이 어떠했을지 짐작이 간다.

친정에 자주 오지 못해도 사랑하는 짝을 찾아 행복해하는 딸의 모습을 흐뭇하게 바라보는 부모를 보며 만남, 사랑, 가정에 대하여 생각해 보았다.

태어남은 마음대로 할 수 없지만, 부부는 자신이 선택했다며 지금까지 살아오는 동안 함부로 말하고 행동한 일은 없었을까?

혜정이가 멀리 시집가서도 행복하게 잘 살길 바라며 결혼식을 마치고 집으로 돌아오는 전철 안에서 문득 잠언 한 구절이 생각났다.

"누가 현숙한 아내를 찾아 얻겠느냐. 그 값은 진주보다 더 뛰어나다."

봄비를 맞은 솜털이 뽀얀 꽃봉오리가 아침나절보다 한결 도톰해진 얼굴을 내밀고 있었다.

다시 풀꽃이 되어

봄이 문 앞에 와 있다. 나뭇가지를 흔들고 지나가는 세찬 바람 속에서 땅 밑으로 새싹들의 기지개 소리가 들려올 것만 같은 요즈음이다. 가지 끝에 꼬마전구를 달아놓은 듯한 목련의 꽃봉오리가 하루가 다르게 커가고 있다.

나무들은 봄날 화려한 외출을 위하여 뿌리로 물을 빨아올리며 일하고 있건만, 요즘 내 주위에는 일터를 잃은 사람들이 늘어나고 있다. 어렵지만 자기 모습을 되돌아보며 성실하게 살아간다면 밝은 미래가 올 것이다.

오래전 정말 슬프고도 감동적인 어느 여교수님의 마지막 길을 보게 되었다. 이 교수님과 대면은 단 한 번뿐이었지만 고인의 풀꽃처럼 신선하고 아름다운 향기는 오래도록 사람들 가슴 속에 남을 훌륭하고 값진 삶이었다.

연말이 다가오는 어느 날 아이들에게 줄 작은 선물을 사서 역곡에 있는 '새 소망 소년의 집'을 방문하기로 하였다. 한 달에 한 번, 수요일 저녁에 만나는 아이들이었지만 이번에는 환할 때 만나고 싶어 주일 낮에 소년의 집에 있는 '사랑의 교회'에 갔다가 그분을 만나게 되었다.

40대 정도로 보이는 여자분이 소년들로만 구성된 성가대를 정열적으로 지휘하는 뒷모습을 바라보며 감동하였다. 예배가 끝난 후 인사를 나누면서 그분이 K대학교 이미라 교수님이라는 것을 알게 되었다.

교수님은 초면이었는데도 우리에게 이곳 아이들이 방문자들과 함께 식사하는 것을 좋아하니 식당에서 조촐하나마 식사를 하고 가라고 권하였고 활달하고 아름다우신 교수님의 권유대로 함께 점심을 먹으며 더 오랜 친교의 시간을 가질 수 있게 되었다.

이 교수님은 오래전부터 소년의 집에 물질적인 후원을 하셨는데 아이들에게 필요한 것은 물질보다는 어머니 같은 따뜻한 사랑이라는 것을 알고 주일은 온종일 이곳에 와서 사랑과 꿈을 주고 계신다고 한다.

이 교수님의 신앙심에 절로 고개가 숙여졌다. 아이들 옆에 이 교수님 같은 분이 계신 것이 든든하고 감사할 뿐이었다.

그런데 몇 달 후, 이 교수님이 병상에 계신다는 소식을 전해 듣게 되었다. 뇌에 종양이 생겼는데 시신경에 자극을 주어 시력이 안 좋아 수술받아야 한다는 소식이었다. 모두 근심 가득한 얼굴이었고 소년의 집 아이들은 눈물을 흘리며 교수님의 쾌유를 위해 기도드린다고 하였다.

한동안 호전이 되는 듯하던 병세는 다시 심해졌고 악성 종양으로 번져 이 교수님은 지난 초가을, 50세의 짧은 일생으로 하늘나라로 가셨다.

건강한 장기는 필요한 사람에게 모두 나누어 주도록 유언을 하여 죽어가는 몇 사람을 살게 했다고 한다. 아무런 욕심도 없이 풀꽃같이 살다가 하늘로 훨훨 올라가셨다.

이 교수님이 가시던 날 아이들은 학교 지각을 하면서 소년의 집을 마지막으로 방문하신 이 교수님을 눈물로 배웅하였다고 한다. 어머니처럼 자상하게 보살펴주며 신앙을 키워주시던 그분을 보내는 아이들의 심정이 어떠하였을까?

내가 가던 날은 이 교수님의 삼우제를 치른 날이었는데 교수님 이야기가 나오자 여기저기서 흐느끼는 아이가 많았고 울어서 눈이 푸석해진 아이들도 있었다.

'얘들아, 풀꽃은 바람 부는 들판에 피어도 좌절하지 않고 죽지도 않고 변함없이 이듬해 또 피어난단다.'

이 교수님은 다시 풀꽃으로 피어나 아이들에게 밝은 웃음을 안겨 줄 것이라는 생각이 들었다.

길치의 변

나는 길눈이 어둡다. 이런 나를 보고 남편은 길치라 하며 장거리 여행을 가도 웬만해서는 운전대를 맡기려 하지 않는다. 운전석 옆에 앉아도 길을 익히는 것보다 차창 밖의 풍경에 관심이 더 많으니 길눈이 밝을 리 만무다.

평소에 출퇴근 길을 제외하고는 운전을 하는 것보다 일반 대중교통을 이용하며 생각하기를 좋아하니 운전대를 주기 꺼리는 남편의 마음도 이해가 간다. 한 번 다녀온 길은 잊지 않고 잘 찾아가는 사람들이 부럽기도 하다.

아버지는 길눈이 밝으신 분이셨다. 결혼하여 식구가 늘자 어려운 살림살이에 보탬이 되게 하려고 농사일이 끝난 농한기이면 금강산으로 일하러 가셨다고 한다. 요즘으로 말하면 여행가이드 아르바이트이다.

1930년대의 금강산은 일본 관광객이 많이 왔었는데, 그들에게 금강산 깊은 곳의 명승지를 잘 안내해 주어 칭찬받았다는 이야기를 아버지 생전에 들은 적이 있다.

그런 아버지를 닮았으면 나도 길눈이 밝았으련만. 요즘엔 지도나 내비게이션을 보고 처음 가는 길을 찾아갈 수 있어 다행이지만, 예전엔 건물이나 지형을 잘 표시해 두고 목적지를 찾아갔다고 한다.

어느 지인께 들은 이야기이다. 지인이 중학교에 다니던 시절, 마을에 글을 모르는 노인이 살았다고 한다. 그 노인은 막걸리를 아주 좋아하였는데 일하다가 힘이 들어 농주를 파는 주막으로 갈 때면 언제나 콩을 가져간다고 하였다. 그 주막은 주인 할머니가 막걸리를 직접 담아 잔술을 파는 집이었다.

왜 콩을 가져갈까 이상하게 생각하여 노인을 따라가 멀리서 보았더니 노인은 막걸리를 한잔 마실 때마다 왼쪽 호주머니에 있는 콩을 한 개 꺼내어 오른쪽 호주머니에 넣더라고 했다. 막걸리를 다 마신 후에 오른쪽 주머니 속에 있는 콩을 꺼내 그 수를 세어 막걸리값을 계산하더라고 하였다.

작은 콩알은 노인의 계산 도구였다. 글을 몰라도 자신만의 살아가는 삶의 방법을 터득하여 살아가고 있다는 걸 중학생일 때 그 노인을 보며 깨닫게 되었다고 지인은 내게 말했다.

사람은 누구나 자신이 선택한 길이 있다. 부모와 자식 같은 천륜의 관계를 제외하면 성인이 된 후부터는 대부분 자신이 선택한 길을 가고 있다.

그 길을 걸으며 기뻐하고 슬퍼하기도 하며, 때론 희열을 느끼기도 하고 고뇌하기도 한다.

가끔 타인에게서 받는 뜻하지 않은 상처로 마음 아파하기도 한다. 끝이 안 보이는 아득함으로 길을 잘못 선택하지 않았나 하는 생각도 하고 계획하는 일들로 잠을 못 자는 일도 있다.

내가 가는 길이 도시의 큰길이든 시골의 소로이든 개의할 일은 아니다. 길을 잘 모르면 물어물어 나에게 주어진 길을 묵묵히 갈 뿐이다.

길치인 나는 인생을 살아가면서도 앞이 막막하고 상심이 될 때마다 '네 길을 하나님께 맡기라. 그가 인도하신다.'는 말씀을 믿고 살아왔다.

그 길 도중에 만나는 어려움도 있지만 주변을 살펴보면 햇살, 바람, 풀 한 포기에서 생명을 느낄 수 있다. 거기에 인간미 넘치는 훈훈한 길손 한 사람 있다면 그것으로 고마울 뿐이다.

3부　　　　　맛과 멋

동구 밖 오솔길로 오는 봄

"산 너머 남촌에는 누가 살길래 해마다 봄바람이 남으로 오네
아~ 꽃 피는 사월이면 진달래 향기 밀 익는 오월이면 보리 내
음새……."

해마다 이맘때면 생각나는 가수 박재란 씨의 '산 너머 남촌에
는' 노랫말의 첫 부분이다.

폭설에 지친 우리 고장에도 남녘에서 꽃바람을 타고 봄이 찾
아왔다.

내 기억으로 고등학교 2학년이었던 1968년 2월에도 많은 눈
이 내려 굴속 같은 눈 통로로 등교했던 기억이 난다. 몇 년 전에
도 1월에 기상관측 사상 최고 기록을 낸 폭설이 내렸다. 통천과
고성 사이는 눈이 많이 온다는 '통고다설'(통천과 고성 사이에는 눈
이 많이 옴)이란 말 때문일까, 폭설은 고성 지방을 찾아오는 반갑
지만은 않은 겨울 손님이다.

아무리 춥고 눈이 많은 겨울도, 계절의 흐름 앞에서는 어쩔 수 없다.

새봄의 전령사는 뭐니 뭐니 해도 산수유꽃이다. 콩알 같기도 하고 노란색 꼬마전구 같은 꽃망울이 나무에 조롱조롱 솟아나면 봄이 오는 신호탄이 터진다. 활짝 웃음을 터뜨리며 노란 물감을 뿌리면, 목련이 청초한 모습으로 북쪽을 향해 고개를 내민다. 이어서 개나리, 진달래, 라일락 등 봄꽃들이 앞다투어 피며 봄소식을 전한다. 같은 수종이라 할지라도 겨울 추위를 이겨낸 강도에 따라 꽃의 빛깔과 향기가 다르게 느껴진다.

　나이 들어가며 산수유의 매력에 푹 빠졌다. 어릴 땐 작고 볼품없는 꽃이라 생각되던 산수유가 요즘엔 왜 그리도 정이 가는지…….

　멀리서 바라보면 노란 수채화 물감을 은은하게 칠해 놓은 것 같다. 가까이 다가가서 보면 꽃봉오리가 수많은 꽃술로 싸여 있다. 추운 겨울을 보내며 답답하던 마음에 희망의 꽃등이 켜지는 것 같아 산수유의 매력에 빠지나 보다.

　지난해 산수유 묘목 20여 주를 사다가 마을 길에 심었다. 백일 동안 꽃이 핀다고 하여 일명 목백일홍이라고도 부르는 진분홍빛 꽃이 피는 배롱나무 50여 그루를 사이사이 심었다. 시어머니 기일이 3월 초순인데 성묘를 다녀오는 길에 올해에도 작년에 샀던 세종시 그 묘목상에서 20주를 더 사다 심었다.

　해마다 마을 길에 꽃을 심으며 꽃길이 늘어날 때마다 마음이 환해지고 기쁨도 그만큼 커진다. 훗날 이 길을 걷는 사람들이 소담한 꽃을 보고 그들 가슴속에도 환한 꽃등이 켜지게 되리라.

봄은 소망의 계절이다.

혹한과 폭설에 눌렸던 마음을 햇살과 훈풍으로 만져주어 활력을 찾게 해 준다. 굳게 닫혔던 마음의 창문을 열어 생소한 이웃일지라도 미소를 보내고 싶어지는 생동의 계절이기도 하다.

길섶에 돋아나는 작은 새싹을 보면 경이로움으로 미소를 짓게 된다. 한겨울 땅속에서 추위를 견뎌 낸 그들의 수고를 칭찬해 주고 싶어진다.

봄은 갓 입학한 개구쟁이들의 넌출 대는 머리칼에서, 노란 햇병아리의 까만 눈빛에서, 과수원에서 가지치기하며 파종을 준비하는 농부들의 힘찬 팔목 위로 다가온다.

시원한 해풍을 맞으며 출항하는 어부의 뱃전에서, 좋은 품질의 물건을 만들려는 생산자들의 부지런한 손끝에서 휘파람을 불며 우리 곁으로 다가온다.

간혹 자신의 욕망에만 눈이 어두워 이웃에 피해를 주고 사회를 어지럽게 하는 사람들도 있지만, 봄은 부지런하고 정직한 소망을 가진 곳에 화사한 모습으로 찾아온다.

봄은 동구 밖 오솔길로 희망의 날개를 달고 우리 곁으로 다가오고 있다.

봄이 오는 길목에서 욕심의 무거운 외투를 벗어 버리고 청순하게 미소 짓는 한 그루 봄꽃 나무가 되었으면…….

7월이면 생각나는 사람

　해마다 7월이 오면 생각나는 시인과 시가 있다. 들길을 걸으며 이육사 시인이 1939년에 발표한 「청포도」라는 시를 암송하곤 한다.

　　내 고장 7월은
　　청포가 익어가는 시절

　　이 마을 전설이 주저리주저리 열리고
　　먼데 하늘이 꿈꾸며 알알이 들어와 박혀

　　하늘 밑 푸른 바다가 가슴을 열고
　　흰 돛단배가 곱게 밀려서 오면

　　내가 바라는 손님은 고달픈 몸으로
　　청포를 입고 찾아온다고 했으니

내 그를 맞아 이 포도를 따 먹으면

두 손을 함뿍 적셔도 좋으련

아이야, 우리 식탁엔 은쟁반에

하이얀 모시 수건을 마련해 두렴

「청포도」 시 전문이다. 읊을 때마다 나라를 사랑하는 시인의
마음이 절절히 느껴지고 놀라운 시적 상징에 감동하곤 한다.

시인은 마을의 전설이 포도송이로 소담하게 열리고, 간절
히 바라는 조국 광복이라는 손님이 고달픈 몸이지만 희망의 푸
른 옷을 입고 찾아오리라 확신한다. 그를 위해 후세들에게 은쟁
반에 우리의 정서가 깃든 정갈한 모시 손수건을 마련해 두라고
말한다.

그는 안타깝게도 조국 광복을 보지 못하고 40대 중반의 젊은
나이에 베이징 감옥에서 옥사하였다. 끝까지 변절하지 않고, 민
족적인 신념을 가지고 베이징과 서울로 오가며 독립운동을 하며
일제에 저항하였다.

1943년 서울에서 검거되어 베이징으로 압송되었고 감옥에서
건강이 악화되어 옥사 한 시인의 본명은 '원록'이며 아호 겸 필명
인 '이육사'는 대구형무소 수감번호 264에서 따온 것이라 한다.

2년 정도만 더 살아 그 은쟁반에 조국 광복의 청포도를 담았으

면 얼마나 좋았을까? 생각할수록 안타깝고, 그 같은 애국선열 문인들이 계셨음이 자랑스럽다.

일제 말기 극악하고 서슬 퍼런 탄압에서 어쩔 수 없이 변절한 지성인들도 있었지만, 시에 자신의 애환을 쏟아놓고 옥사한 이육사 시인의 정신을 광복절을 앞둔 시점에서 다시 생각해 보고 싶다.

어느새 한 해의 전반기가 지나고 후반기가 시작되었다. 연초에는 계획과 기대도 많았다. 절반이 지나간 지금, 되돌아보면 이룬 것도 있지만 흐지부지된 것도 있다.

요즘은 공감 능력이 부재된 사회에서 살아간다고 하지만, 찬찬히 살펴보면 주변엔 마음이 따뜻한 사람들도 많다. 공동체나 이웃들에게 마음을 열고 다가가지 못하기 때문에 소통의 문제가 생긴다.

당연한 것이 신기한 일로 되어가는 현실에서, 생각해 볼일은 처음 시작할 때의 순수하고 진실한 마음을 꾸준히 이어가고 있느냐 하는 점이다.

여름이 시작되고 이곳을 찾아오는 휴가철 피서 손님들도 많아진다. 그들의 안전과 지역의 좋은 이미지를 위해서도 주변을 살펴보아야 할 계절이다.

7월이면 생각나는 곳이 강원도 고성이고, 그곳에 사는 사람들이 좋아서 또 찾아가고 싶다는 말을 듣게 된다면 산천은 더 푸르고 아름다우리라.

여름이 가기 전에 청정 우리 고장에서 색깔이 바래지 않을 좋은 추억 하나 만드는 것도 좋을 듯하다.

한 해가 가기 전, 행복한 일들이 많아 만나는 사람들의 얼굴에 넉넉한 미소가 흘러넘쳤으면 좋겠다.

맛과 멋

우수가 지나니 봄이 다가오고 있다는 느낌이 든다.

계절이 바뀔 때마다 맛 여행을 떠나는 사람들이 많다. 새롭게 유행하는 패션이나 색깔에 관심을 가지고 멋을 추구하는 사람들도 있다.

'맛'과 '멋'은 우리 말의 모음을 다르게 쓴 글자지만 공통점과 상이점이 많다. 사전적인 의미로 '맛'은 '음식 따위를 혀에 댈 때 느끼는 감각, 어떤 사물이나 현상에 대하여 느끼는 기분'이라 하고, '멋'은 '차림새의 행동 됨됨이가 세련되고 아름다움, 고상한 품격이나 운치'라고 설명하고 있다.

'맛'과 '멋'은 사람의 오관을 통해서 느끼게 된다. 입으로 맛을 보고 손으로 맛을 낸다. 눈으로 보아 멋을 내고 향기와 감각으로 멋을 낸다.

맛과 멋은 보이지 않는 공통분모가 있다.

얼마 전 어느 선배가 모임에 나와 하던 푸념이 생각난다. 나이 들어가며 남편이 식사량이 줄어 건강이 염려되어 먹고 싶은 것이 있으면 말하라고 하였단다. 남편이 그 예전 어머니가 끓여주시던 애호박찌개를 먹고 싶다고 하여 정성껏 끓여주었는데도 어머니가 해 주시던 그 맛이 아니라고 맛있게 먹지 않더라고 했다.

가난하던 시절, 먹성 좋은 젊은 날 먹던 애호박찌게 맛을 이제 와 내보라니 난들 어찌겠냐고 푸념하여 모두 웃었던 일이 생각난다.

달콤하고 감각적인 입맛을 좋아하는 사람들도 있지만 과거에 입맛 들인 깊은 맛을 그리워하는 사람도 있다. 향긋한 채소 향이 풍기는 샐러드의 맛도 좋지만, 몇 년 익은 장이나 푹 익은 우거지 김치찌개 맛을 좋아하는 사람들도 많다.

마을에 정년 퇴임을 하고 시골에 내려와 노후를 보내는 부부가 있다. 늘 부지런하고 마을 앞길 청소를 맡아 하신다. 봄이면 마을 진입로에 꽃을 심고, 여름이면 예초기로 잡초를 깎아 마을 입구가 언제나 훤하다.

바람에 농사용 비닐이 굴러다니면 종량제 봉투에 넣어 치우고 마을의 애경사도 참여한다. 노부부의 삶에 품격의 멋이 느껴진다.

사람들은 누구나 행복해지고 싶다.

일이나 직위, 경제적인 부유함으로 만족감을 누리는 것이 행복이라 생각하고 타인과 경쟁하며 바쁘게 살아간다. 자신이 원하는

맛과 멋을 추구하기 위해 새벽부터 늦은 밤까지 열심히 뛰어다
닌다.

공동체를 위한 맛과 멋은 생각해 볼 겨를이 없다.

혹자는 사회구조가 그래서 어쩔 수 없다고 한다. 앞만 바라보
고 살아가던 얼굴의 각도를 돌려 가끔은 앞과 뒤, 하늘도 바라보
고 사는 여유로움이 있다면 자신의 위치에서 발견한 새로운 맛
과 멋으로 행복하게 될 것이다.

정(情)과 한(限)

우리 민족은 유난히 정과 한이 많은 민족이다. 역사적으로 수많은 외세의 침입에 따른 국가적인 어려움이 국민성에 영향을 주었다는 말도 있고, 정이 많아 한도 많다는 말도 있다.

한이 많다고 하지만 흥도 많은 민족이다. 농촌에서는 농사일을 서로 도우며 힘든 일을 이기려 농요를 만들어 불렀으며, 어촌에서는 바다에서 고기 잡을 때 부르는 노래(어로요)를 함께 불러 그물을 내리고 걷으며 에너지를 얻었다.

마을마다 농악놀이가 풍성했고 음식을 나누며 정도 나누었다.

그러나 최근에는 산업화한 일자리와 주택이 마당 공간이 없는 아파트가 많아 이웃과 단절되어 소통이 점점 어려워지고 있다. 가족들 중심으로 살지만, 가족들도 서로 바빠 이야기를 나눌 기회가 적어졌다.

사전적인 의미로 '한'은 "몹시 원망스럽고 억울하거나 안타깝고 슬퍼 응어리진 마음"이라 하였고, '정'은 "사랑이나 친근감을 느끼는 마음"이라고 설명되어 있다. 두 낱말은 서로 뜻이 먼 것 같지만 보이지 않은 미묘한 상관관계가 있다.

서로 정을 주고 사랑하였으나 폭우로 만나지 못하게 된 한 여인의 애절한 노랫가락에서 유래된 정선아리랑을 이야기나 민요를 들어 알고 있다.

칠월 칠석에 만나기로 했으나 못 만나게 된 견우직녀의 눈물겨운 한을 측은히 여긴 까치 떼가 꼬리를 물고 오작교를 놓아주어 다시 만나게 된 감동적인 전설을 들으며 자랐다.

특히 여인들은 예나 지금이나 한이 많다. 시어머니나 시누이의 시집살이가 심해 한이 많았고 어려운 가정에서 자란 남편을 잘 내조해서 출세시켰더니 나중에 배반당해 그 상처를 평생 가슴에 한으로 안고 살아가는 여인도 있다.

한은 예전 사람들만 있었을까? 최근에 이와 비슷한 단어들이 우리 주변을 맴돈다. '스트레스'와 '트라우마'라는 단어가 그 한 예이다.

'스트레스'는 적응하기 어려운 환경에 처할 때 느끼는 심리적, 신체적 긴장 상태를 말하고, '트라우마'는 심한 신체적, 정신적 충격을 겪은 후 나타나는 정신적 질병이라고 한다.

마음속에 쌓인 시름들을 해소하기 위해서는 열린 공간이 필요하다. 누군가를 만나 자신의 이야기를 나누고 그 해결점을 찾으려고 대화하다 보면 가슴에 쌓인 응어리가 풀어지게 된다.

정을 많이 주었던 사람이 배신하거나 실망시키면 분노와 한이 더 크기 마련이다. 그래서 같은 상심의 수위인데도 타인보다 가족이나 형제들에게 당한 상처가 더 깊고 오래 남을 수 있다.

정을 많이 주되 한을 쌓는 일은 없어야 한다. 설사 상심 되는 일이 있더라도 그 일을 한으로 오래 남게 해서는 좋지 않다. 스트레스나 트라우마를 남겨 신체적인 질환이 되게 해서는 안 된다.

상심 되는 일이 생겼을 때 해결 방법으로 여러 가지가 있을 것이다.

좋아하는 일을 하거나 에너지가 되는 운동이나 명상, 독서, 취미생활, 신앙생활 등등의 건전하고 생산적인 일에 몰입하여 새 힘을 만드는 일이 필요하다.

그래서 안정된 마음을 회복하고 다시 활력 있는 삶을 살아야 한다. 이 같은 삶의 자세는 자신이나 이웃에게 가을 하늘 같은 맑고 청량함을 안겨 주는 일이 될 것이다.

산과 강

고성은 산수가 수려하다. 진부령에서 발원하여 흘러내리는 북천은 물이 많아 사람들에게 휴식과 물고기도 제공해 준다.

햇살이 화창한 여름날이면 가족들은 하루 날을 잡아 북천 다리 밑에서 피서를 했다. 이불 홑청 같은 빨랫감을 가지고 강에 가서 빨아서 돌 위나 제방 둑에 널어놓고 민물고기를 잡아 매운탕을 끓여 먹으며 무더위를 식혔다.

아이들은 학교가 끝나고 삼삼오오 강으로 가서 고기도 잡고 헤엄치며 놀다가 노을이 서산에 걸려야 집으로 돌아가곤 하였다.

수십 년이 지난 지금도 친구들이 모이면 그 시절 추억들이 그립다고 한다. 이젠 수심도 얕아지고 잡초가 우거져 예전처럼 물놀이하는 사람들 모습은 별로 볼 수 없다.

강이 이렇게 친근하게 우리 곁에 있듯이 산도 다감한 모습으로 다가온다. 백두대간 줄기의 웅대하고 장엄한 산들은 서쪽으로 높은 장벽을 만들어 주고 있다. 미세 먼지 때문에 걱정하는 요즘 우리 고장은 천혜의 혜택을 받은 곳이다.

수천 년 동안 계곡을 거느린 산들은 늠름히 앉아있다. 멀리 보이는 큰 산은 큰 산대로, 가까운 야산은 야산대로 푸른 옷을 입고 말없이 사람들을 품어준다.

　

산을 남자에 비유한다면 강은 여자에 비유하고 싶다.

산은 사계절 빛깔을 달리하면서 의연한 기품으로 모든 것을 끌어안는 너그러운 포용의 숨결을 간직하고 있다. 강은 매력적인 빛깔과 생명체를 포용하며 유연한 흐름으로 사람들의 젖줄이 되어 준다.

산과 강은 인간에게 유용한 생필품과 먹거리를 제공한다. 산은 나무와 돌, 광석 같은 건축자재나 산업에 필요한 자원들을 주지만 산나물이나 버섯, 열매 같은 먹거리도 준다.

강은 식수와 농업용수 공업용수를 공급해 주지만 물고기와 조개, 해초 등 입맛 나는 먹거리도 제공해 준다.

그러나 무엇보다도 산과 강은 사람들의 마음을 여유 있게 해 준다. 부모님의 품처럼 편안하고 아늑하다. 그래서 주말이면 많은 인파가 산과 강을 찾아 여행을 떠나는지도 모른다.

머릿속의 복잡한 생각이 산속 오솔길이나 넓게 트인 강변길을 걸으며 생각할 때 정리되고, 앞으로 결정해야 할 일들도 두서 있게 정돈된다.

간혹 마음의 상처를 받은 일이 있었다면 저녁 무렵 들길을 걸어보라.

강변이면 더 좋다. 먼 산 능선을 넘어가는 노을이나 숲속의 바람 소리, 산새 소리, 강물 속에서 헤엄치며 놀고 있는 물고기를 바라보노라면 답답했던 마음이 가라앉고, 자기 모습을 성찰하여 부족한 부분을 되돌아보게 된다. 자연이 주는 큰 은총이 아닐 수 없다.

자연은 그 어떤 스승보다 위대하다. 고성에 살며 산, 강, 호수를 가까이할 수 있어 행복하다. 자연이 주는 혜택을 후손들도 누리고 살도록 잘 보호하고 보존해야 할 몫이 우리에게 남아 있다.

물과 불

봄비가 촉촉하게 대지를 적신다.

건조주의보 후에 내리는 봄비라 더욱 반갑다. 톡톡 흙바닥에 구멍을 내며 떨어지는 낙숫물 소리가 정겹다. 이 비가 그치면 들녘에 푸르름이 더하고 봄꽃들의 화려한 외출이 시작되겠지.

물을 봄에 비유한다면 불은 가을에 비유한다.

봄이면 나무에 물이 오른다고 하고, 가을엔 단풍이 불탄다는 표현을 한다.

물과 불의 속성은 상반되는 것도 많다. 인체 구조 중 70퍼센트가 물의 성분이기에 물이 없으면 살 수 없다.

물과 불은 인류의 역사가 시작된 선사시대부터 사람에게 유익을 주고 문명의 발전을 이루었지만, 때론 홍수나 화재로 엄청난 재앙을 초래하기도 한다.

세계 4대 문명의 발상지가 모두 큰 강 주변에서 시작되었다. BC 3000년경 황하 유역의 문명과 BC 3000~2500년 사이의 인더스강 유역의 문명, BC 3000년경 나일강 유역의 이집트 문명,

티그리스·유프라테스강 유역의 메소포타미아 문명이 모두 강을 근원으로 하였고 그 큰 강줄기에서 고대 인류 문명이 시작되었다고 한다.

물은 청결과 순수, 생명력, 위에서 아래로 흐르는 순리와 겸손, 어떤 그릇이든 마다치 않고 담기는 포용력 등등 많은 사상가와 철학자들이 그 가치와 교훈을 말하고 있다.

그러나 무엇보다도 물에는 생명력이 있다. 가뭄에 타들어 가는 식물에 물을 주면 다시 생명이 소생한다. 가축이나 동물, 사람도 물을 먹지 않으면 살 수 없다. 그래서 인체의 70퍼센트가 물이고 지구도 3분의 2가 바다로 둘러싸인 것은 아닌가 하는 생각이 든다.

물은 생명의 근원이 되고 인류의 문명을 만들기도 하지만 천재지변인 홍수와 태풍이 불면 큰 강이 범람하고 쓰나미가 밀려와 엄청난 재난을 주기도 한다.

불은 속성도 다양하다. 불은 따뜻하고, 빛을 내며, 음식을 익힌다. 추위를 막아주고 어둠을 밝히며 빛을 내기도 하지만 사물을 태우고 상처를 주며 모든 것을 잃게 하는 무서운 화마가 되기도 한다. 무엇이든 태우고 재를 남긴다. 작은 불씨는 물 한 바가지에 꺼질 수도 있지만 바람과 만나면 온 산야와 삶의 현장을 삼킨다.

불은 잔인하다. 그러나 불이 없으면 문화와 문명이 발전할 수 없다. 선사시대 사람들이 처음엔 날것만 먹다가 산불에 익은 고기를 먹고 나서 불을 이용할 줄 알게 되었다고 한다. 불을 사용하면서 의식주가 변화되고 생활방식이 점차 발전되었다고 한다.

제철소 용광로에서 사용되는 뜨거운 불덩이가 철을 제련하고 철강 문화를 발달시켜 오늘날 건축이나 기타 산업의 기본 재료로 쓰이고 있지 않은가. 불은 추위를 막아주고 음식을 익혀주며 어둠을 밝히고 문화를 만들어 내지만 잘못 다루면 재산과 생명까지도 위협하는 큰 화마가 된다.

2019년 4월 4일, 고성 속초 산불은 엄청난 기세로 많은 임야와 가옥을 태웠다. 우리 마을은 산불 영향권에 들지 않은 곳이지만 산불 나던 날 밤새 잠을 못 자며 마음을 졸여야 했다. 이듬해에 고성에 또 산불이 나서 많은 사람의 마음을 조마조마하게 하였다. 탑동리, 가진리를 비롯한 인가와 사무실 산림 등의 피해를 본 분들은 얼마나 놀랐을까. 그래도 신속한 대처와 진화작업으로 하루 만에 진화되어 발을 동동 구르던 군민들이 마음을 놓았다, 3년이 지났는데도 불에 그을린 나무가 산자락에 흉물스럽게 서 있어 당시를 생각하게 한다.

물과 불은 사람들이 살아가는 주변에 늘 공존한다. 잘 활용하면 유익이 되지만 잘못하면 큰 해로움과 피해를 받을 수 있다.

인생을 살아가며 이로움과 해로움을 주는 양면성을 지닌 물질들을 주변에서 많이 접한다. 우리에게 도움을 주기도 하고 어려움을 주기도 하는 물과 불을 잘 관리하여 오래도록 좋은 이웃 같은 존재로 잘 다루어 유익하게 이용할 수 있는 지혜 대처 방법이 필요하다.

성장과 성숙

　오곡이 무르익어가는 들녘이 평화롭고 아름답다. 아침부터 늦은 저녁까지 벼를 추수하는 콤바인 소리가 들녘을 울리고 농부들의 얼굴에도 수확의 기쁨이 가득하다.

　지난여름, 길가에 있는 밭을 지나다가 잘 자란 콩잎을 낫으로 베어내고 있는 농부를 만났다. 아까운 생각이 들이 잘 자란 콩 이파리를 왜 베어내느냐고 물었더니 콩잎이 웃자라면 열매가 잘 맺히지 않기에 수확이 많이 얻도록 웃자란 싹을 베어주는 것이라고 하였다.

　'아! 그렇구나!'

　문득, 예전에 담임했던 지훈이가 생각났다. 키도 크고 체격도 좋은데 생각이 제 또래에 못 미쳐 항상 엄마의 마음을 아프게 하였던 아이였다.

　외동이라 어릴 때부터 엄마가 모든 걸 다 해 주다 보니 아이가 의타심이 많아지고 매사를 스스로 하려 하지 않아 그렇게 되었다고 한다. 자기 잘못이라고 마음 아파하며 지훈이 엄마가 생각났다.

어찌 지훈이뿐이랴! 요즘 아이들은 자유분방하고 개성이 강하다. 예전 아이들이 비해 키도 크고 용모도 말끔한데 참을성이 부족하고 인내심도 약하다.

사전을 찾아보면 '성장'은 "사람이나 동물 따위가 점점 커지는 것, 사물의 규모나 세력 따위가 점점 커짐"으로 나와 있고, '성숙'은 "초목의 열매가 잘 익고 생물이 충분히 발육되며, 어떤 현상이 새롭게 발전할 수 있도록 적당한 시기에 이르는 것"이라고 설명되어 있다.

우리나라는 짧은 기간에 고도의 경제성장을 이루었고 경제와 문화가 선진국에 들어섰다. 도시나 시골에 집집이 승용차가 있고 편리한 전자제품과 최첨단 인터넷을 이용하며 살아가고 있다.

농촌에서도 농약 살포를 드론으로 하고 소도시 음식점에서도 인공지능 로봇이 음식을 날라다 주는 모습을 간간이 본다. 이런 초과학적인 시대를 살아가지만 어떻게 사는 것이 경제와 문화 수준에 어울리는 인격적 모습일까 하는 생각을 해 보게 된다.

주말이면 차를 운전하고 외곽으로 나가다 보면 실망할 때가 있다. 앞차 운전자가 차창 밖으로 침을 뱉거나 담배꽁초를 버리는 경우를 목격할 때이다. 가격이 비싼 고급 승용차라 할지라도 운전자 뒷모습이 초라해 보인다.

갑작스러운 차선 위반이나 끼어들기를 곡예사처럼 즐기는 운전자들을 보며 불안하고 답답한 마음도 든다. 좋은 차를 사고 경제적인 부유함을 누리기에 앞서 지켜야 할 규칙이나 공중질서를 준수하고 남을 배려하는 인격은 준비하지 못했기 때문이다.

규칙은 어리숙한 사람들이 지키고 약삭빠른 사람은 적당히 피해도 된다는 생각이라면 성장은 했어도 성숙에 이르지 못한 어설픈 모습이다.

봄이면 과수원에서 더 맛있고 질 좋은 과일을 수확하기 위해 가지치기를 한다. 잘리는 가지를 보면 아까운 생각이 들고 나무는 얼마나 아플까 하는 생각이 든다.

그러나 주인은 더 실한 열매를 많이 얻기 위해 과감하게 가지를 잘라버린다. 결실에 걸림돌이 되는 가지라면 잘라 내는 것이다.

누구나 자기 모습을 제대로 아는 일은 쉽지 않다. 지금 내 모습에서 성숙을 위해 가지치기를 해야 할 부분은 어떤 것들이 있을까?

추수의 계절, 군데군데 휑하게 비어 있는 논을 보고 들길을 걸으며, 성장과 성숙의 의미를 다시 한번 생각해 본다.

말 한마디의 힘

가끔 만나 식사도 하며 마음을 나누고 있는 후배한테서 만나고 싶다는 전화가 왔다. 명랑한 성격으로 남에게 즐거움을 안겨주는 그녀라 모처럼 만나 환담도 할 겸 가벼운 마음으로 약속 장소로 나갔다. 그런데 그녀를 만나고 놀랐다. 예전의 활기찬 모습은 없어지고 얼굴도 많이 상해 있었다.

이유인즉 직장 선배한테 말로 심한 상처를 받았다는 것이었다. 아무리 이해를 하려고 해도 자꾸 그가 한 말이 생각나 속상하다고 하였다. 만나서 마음을 털어놓을까 생각했지만 만났다가 더 큰 상처를 받을까 봐 혼자 속상해하다 보니 식욕도 없어지고 잠도 잘 안 온다는 것이었다.

'아, 그렇게도 명랑하던 후배가 말 한마디로 마음에 큰 병을 얻었구나!'

문득 그녀를 보며 지금 까맣게 잊어버린 아주 오래전 비슷한 내 경험이 떠올라 동병상련의 마음으로 이런저런 이야기를 나누자 그녀의 얼굴이 밝아지는 것을 볼 수 있었다.

식사하고 물건도 사며 함께 시간을 보내 한결 밝아진 얼굴의 후배와 헤어져 집으로 돌아오며 속담이 생각났다.

"말 한마디에 천 냥 빚을 갚는다."
"촌철살인, 사소한 말 한마디로 평생의 원수가 된다."

사람들은 매일 많은 말을 하며 살아간다. 말을 하며 도움을 받기도 하고 사소한 말에 상처받기도 한다. 고의로 남을 힘들게 할 마음이 아닌 다음에야말로 상처를 주고 싶은 사람은 그리 많지 않다. 말을 하다 보면 실수를 하게 되고 본인 뜻과는 관계없는 말을 하게 되어 오해가 생기는 것이다.

잠언에 "말이 많으면 허물을 면키 어렵고, 입술을 제어하는 자는 지혜가 있으며, 사람은 입의 대답으로 말미암아 기쁨을 얻는다."라고 하였다.

말에는 분명히 힘이 있다.

담임한 아이 중 학습이 부진하고 학교생활에 잘 적응하지 못하는 아이들이 있었다. 그 아이들에게 학기 초부터 "너는 잘 할 수 있어."라고 격려하며 작은 일에도 칭찬해 주면, 학년말에는 아이가 친구들과도 잘 어울리고 학습 면에서도 많이 향상된 것을 보게 된다.

얼마 전 말에 대한 실험 결과를 기록해 놓은 글을 읽었다.

토마토를 기르는 비닐하우스 안에 좋은 음악을 틀어주면 맛있고 흠이 없는 토마토가 달렸고, 젖소농장에 좋은 노래를 틀어주었더니 우유가 많이 나왔다고 한다.

얼음이 녹아서 물이 떨어지는 물통에 물방울이 너무 아름답다는 말을 꾸준히 하였더니 꽃 모양의 아름다운 육각수가 생겼고, 듣기에도 거북한 폭언을 하였더니 골다공증에 걸린 뼈 같은 푸석한 결정체가 생겼다고 한다.

밥이 들어있는 실험 상자 안에 일정 기간 긍정적인 좋은 말을 꾸준히 했더니 밥이 부식될 때 예쁜 곰팡이가 피었고, 같은 기간 동안 불쾌한 말을 했더니, 밥에 악취 나는 검은 곰팡이가 가득 피었다는 실험 결과와 사진을 보고 정말 놀랐다.

말 한마디를 잘 사용하는 일이 이렇게 중요한데 말을 하는 직업에 종사하며 자신도 모르는 사이에 아이들에게 말로 상처를 준 일은 없었는지 반성하며 자신을 되돌아보았다.

채소나 식자재가 농약에 오염되어 비싸도 좋은 재료로 농사지은 채소를 사 먹어야 한다고 관심을 가지면서 말의 요리에는 어떤 재료를 선별하여 사용하고 있을까?

행여나 가족이나 이웃들과 말 한마디로 흐려졌던 관계들이 있었다면 이 가을, 위로와 힘을 줄 수 있는 말로 바꾸어 말할 기회를 얻게 되었으면.

힘들고 소원하던 관계들이 푸른 하늘처럼 다정하고 맑아지길 빌어본다.

어렵고 힘든 세월을 살아가며 타인에게 말 한마디로 기쁨과 용기를 주며 살아가는 지혜로운 입술의 복을 받게 되면 살아가는 삶이 행복할 것이다.

땅은 정직하다

들녘이 푸르름으로 가득하다. 흠결 하나 없는 푸른 옷을 갈아입은 산이 울창하다. 서너 달가량의 짧은 일생을 마감하는 감자가 싹이 시드는데도 초라하지 않다. 땅속에 주렁주렁 맺힌 감자가 있기에.

세월이 지나도 땅은 변함없는데 짧은 생애를 사는 사람은 왜 그리 욕심이 많을까? 매스컴에 보도되는 일련의 금융 부정 사태를 보면서 마음이 편치 않다. 안 먹고 안 쓰며 근근이 모은 돈을 조금이라도 늘려보자고 금리가 높다는 금융기관에 저축했는데 한 푼도 찾지 못하게 되었다니 얼마나 억울하고 속상하겠는가?

아버지는 근동에서 소문이 날 정도로 부지런한 농부셨다. 일손을 구하지 못해 새벽에 어둠이 걷힐 때 일을 시작하여 사물이 보이지 않는 밤이 되어야 일을 끝내곤 하셨다. 작은 체구로 농기구가 현대화되지 않은 1970년대에 부모님 두 분이 많은 농사일을 다 하셨다. 나는 학교 다니는 틈틈이 가사 일을 도와야 했고 휴일엔 집안 치우기, 빨래하기, 식사와 새참 준비는 모두 내 몫이었다.

모내기와 김매기가 끝나면 아버지는 아침 일찍 깊은 산에 가서 풀을 베어 저녁이면 달구지에 높다랗게 싣고 오셨다. 이런 작업은 며칠 계속되었고 베어 온 풀을 작두에 잘라 물을 뿌려 거름을 만들었다.

여름 끝자락이면 집 모퉁이엔 커다란 풀 동산이 생겼고 겨울이 지나고 이듬해 봄이면 풀은 발효되어 질 좋은 거름으로 변해 갔다. 그렇게 만든 퇴비를 논밭에 뿌려 농사를 지으니 농사가 매년 풍작이었다

중학교 다닐 때 아버지가 딱해 보여 이렇게 말한 적이 있다.

"아버지, 왜 이렇게 힘들게 일하세요! 비료를 사다 쓰시면 될 텐데……."

"농부가 땅을 잘 대접해야지. 땅은 정직하단다. 내가 정성을 들인 것만큼 소출을 준단다." 하고 말씀하셨다.

나는 그 말씀을 뜻을 잘 몰랐다. 그런데 가을이 되어 조금은 알수 있었다. 가을이면 아버지의 얼굴엔 수확의 기쁨이 가득했다.

가끔은 폭풍우의 시련도 있다. 태풍이 불어 수확을 앞둔 과일이 떨어지고 천재지변으로 농작물이 다 망가진 일들을 방송으로 보기도 한다. 농산물 가격이 너무 하락해 품값도 나오지 않아 양파, 무, 배추 같은 채소를 수확하지 않고 갈아 버리는 딱한 모습을 보며 안타까워했다.

그래도 실망하지 않고 이듬해 그 밭에 또 농사를 짓는다. 힘든 것을 극복하면 땅은 일한 만큼의 소출을 주기 때문이다.

몇 년 전, 오래된 한국 영화 중 특선 방영된 '맹진사댁 경사'라는 1960년대의 영화를 본 적이 있다. 인간의 진심을 다룬 영화의 주제와 코믹한 내용도 재미있었지만, 무엇보다도 내 눈을 사로잡은 것은 그 당시 산의 모습이었다. 산에 나무가 거의 없었다. 그 민둥산을 30여 년 동안 저리도 푸른 산으로 가꾸어 놓은 것은 우리 부모님 세대들의 노고이다.

내가 초등학교에 다닐 때 여름방학 수집 과제 중 꼭 해야 할 것은 '풀 씨앗 모으기', '퇴비 베어 오기' 등이었다. 저학년은 마른 풀 씨앗 1~2홉, 고학년은 3~4홉, 퇴비도 학년별로 킬로그램을 다르게 가져오게 하였다. 그 풀 씨앗은 후에 사방공사를 할 때 산사태 난 곳에 뿌려졌다.

부모들은 자녀들의 퇴비 숙제를 해 주기 위해 퇴비를 지게에 지거나 머리에 이고 와서 그 과제를 해결해 주셨다. 가끔 우리 부모님 세대들이 허리를 조이며 자녀들을 가르친 그 교육열로 오늘날 이만큼 잘 사는 나라가 되었을 것이라는 생각도 든다.

세월이 지나고 농경사회에서 산업사회로, 인공지능을 이용한 4차 산업 시대로 세상이 많이 변했다. 풍물도 변하고 사람들의 가치관도 변했다.

그러나 분명한 것은 어떤 일을 하든지 자신이 처한 위치에서 진실하고 정직하게 살아야 한다. 그런 가치관으로 평생을 살았을 때 노년이 되어 자신의 지나온 삶을 되돌아보며 진정 후회 없는 소출을 얻게 된다.

가끔 현재 자신의 위치에서 어떻게 마음의 토양을 기경하여 어떤 삶을 살아야 할지, 지금 잘 살아가고 있는지, 조용히 생각해 보는 시간이 필요하다.

땅은 정직하기 때문이다.

새 이웃, 수소에너지

지난여름은 유난히 비가 많이 왔다.

국지성 폭우로 도심이 물바다가 되고 인명과 물질의 큰 피해를 가져왔다. 아파트 주차장의 차를 다른 곳으로 옮겨 놓으러 갔던 사람들이 갑자기 강둑이 터져 강물이 주차장으로 쏜살같이 들어가 안타깝게 목숨을 잃는 사건도 발생했다. 이제 어디나 안전지대는 없다는 생각이 든다.

농경사회에서 산업사회가 되고 발달한 인터넷과 인공지능의 도움을 받아 살아가고 있는 지금, 불편한 것은 못 참고 편리함과 맞바꾼 생활방식이 인류에게 커다란 재앙으로 가져오고 있다. 지구가 온난화되어 북극의 빙하가 녹아 앞으로 더 큰 기후 재앙이 올지 모른다고 학자들이 경고하고 있다.

지구와 자연을 아끼고 보존해야겠다는 생각이 들고 소비자, 생산자, 기업까지도 심각성을 깨닫는 것 같다. 과대포장이 줄어들고, 가급적 비닐보다 종이류로 포장하고, 냉동 보관이 필요한 택배 물건은 물로 된 얼음팩을 넣어 보낸다.

늦었지만 지금부터라도 자연을 아껴 보존하는 마음들이 사회 전반적으로 확산하고 있어 다행이다. 이에 부응하여 친환경적 에너지 개발에 우리나라는 물론 전 세계가 촉각을 곤두세우고 있다.

최근 대체 에너지로 중요하게 대두 되는 것이 '수소'이다. 수소는 연소 후 물이 생성될 뿐, 오염물질이 만들어지지 않아 무공해 연료로 주목받는다.

수소는 색, 맛, 냄새가 없으며 가연성이 높은, 가장 가벼운 원소이다. 원소기호 1번인 수소는 다른 원소와 화합하여 자연계에 다량으로 존재한다고 한다.

연소 열이 커서 폭탄까지 만들 수 있는 고 에너지원이고 우주의 75%를 차지하고 있는 풍부한 자원으로 친환경적이라는 장점이 있다.

그러나 저장과 운반이 어렵고 이를 해결하기 위해서는 초고압 저장 기술이 있어야 하고 폭발의 위험성이 있어 안전성을 위한 많은 연구가 필요하다.

현재의 대규모 산업인 철강, 시멘트, 석유화학에서 배출되는 탄소를 줄이는 데 대체할 수 있는 것은 수소에너지 개발이 큰 대안이라고 한다. 수소 기체의 사용이 쉬워지면 산업과 물류의 이동 수단에 혁신이 일어나고 우주로 향하는 길도 빠르게 열릴

수 있다.

어떤 물건이든 사용할 때는 장단점이 있고 심지어 병을 치료하는 약에도 부작용이 있을 수 있다. 그래도 그 약을 쓰는 것이 해로움보다는 병을 치료하는 이로움이 더 많기 때문이다.

산업에 필요한 원료가 점점 고갈 되어 가는 현실에서 인간에게 공해가 없는 대체 에너지 개발은 세계적으로도 시급한 과제이다.

지난 수십 년간 석유화학에서 얻은 에너지로 산업의 발전과 인간 생활의 편리함은 실로 컸다. 그런데 그 결과 천재지변, 기후 재앙이 지구 곳곳에서 속출되고 있다.

지구 온난화로 빙하가 녹아 해수면이 높아지면 물속에 가라앉는 땅이 많아진다. 인간이 이루어 놓은 발전된 산업과 문화, 건물이 물에 잠길 수 있다. 갑자기 어마어마하게 내리는 국지성 호우, 오래 지속되는 산불, 공기 오염으로 당하는 호흡기 질환 등등 그 피해는 이루 말할 수 없다.

국내 기업에서도 수소에너지 개발 연구에 많은 투자를 하고 있다고 한다.

지난 8월 31일 경기도 일산 킨텍스에서 제 3회 수소 산업 전시회가 열렸다. 수소를 연료로 한 전기차, 드론, 지게차 등등이 선보였는데 청소차는 쓰레기 부피를 줄이기 위한 고밀도 압축 장치를 달아 많은 양의 쓰레기를 한 번에 처리할 수 있게 한 점이 돋보였다고 한다. 트럭이나 살수차같이 산업에 필요한 교통수단 중 내년이면 판매되는 제품도 있다고 한다.

깨끗한 자연 속에서 건강하게 오래 사는 것은 누구나 바라는 일이다. 좀 더 쾌적하고 아름다운 환경을 후손들에게 물려주기 위한 노력이 여기저기에서 일어나고 있다.

좋은 대체 에너지를 개발하려는 노력은 정부, 기업, 온 국민이 마음을 모아야 그 결실이 클 것이다. 앞으로 일상에서 편리하고 유용하게 쓰이는 수소에너지를 활용한 안전한 제품들이 많이 생산되길 바란다.

그로 인해 자연이 공해로부터 훼손되는 일을 줄일 수 있다면 보이지는 않아도 수소는 우리의 새 이웃이 될 것이라는 생각이 든다.

4부   연어의 꿈

연어의 꿈

황금물결 가득하던 들녘이 허전해졌다.

추수를 마친 논엔 벼 그루터기만 남았다. 가만히 그루터기를 들여다보면 흙냄새가 풍겨오고 많은 이야기도 들려온다. 한 해 동안 농부들이 흘린 땀과 애환과 보람이 아직 그 안에 온기로 남아 있다. 나는 이 온기가 그리워 고향에 돌아왔다.

오래전에 쓴 「귀향」이라는 시가 생각난다.

고향 가던 날

하늘에서 매화꽃 같은 눈발이 날렸다

낯익은 산속 길

수런거리는 소나무 숲 사이로

촉촉한 어머니 기도 소리 들려오고

푸근한 불빛에

홍조 띤 마음 설레인다

외로워진 댓돌 위에

뎅그러니 놓여있는 신발 한 켤레

맨발로 나오는 어머니의 머리 위로

그리움이 서리서리 백발 되어 나부낀다

해묵은 고가

뜰 안 가득 넘치는 푸근한 미소들

일상에서 접혔던 날개가

하늘을 향해 깃털을 세우고

정겨웠던 동심의

맑은 숨소리가 들려온다

　-「귀향」전문

　내가 이 시를 쓸 때는 어머니가 살아계셨다. 집에 올 땐 언제나 마음이 설렜다. 마당에 도착해 "엄마"하고 부르면 맨발로 달려 나오시며 활짝 웃으시던 어머니가 그립다.

　아버지는 근동에서 소문이 날 정도로 부지런한 농부이셨고 어머니도 아버지의 농사일을 돕는 농촌 아낙이었지만 꿈이 있는 분이셨다.

　남에게 해로움이 되는 나쁜 일만 빼고 어떤 것이든 열심히 배워 훗날 그 꿈을 이웃에게 나누어 주는 일을 하라고 늘 말씀하셨다. 내가 이룬 꿈을 고향 분들, 후배들과 나누기 위해 고향으로 내려오기로 하였다.

남편은 장인 장모님의 평생의 삶이 담겨있는 고향 집을 좋아했다. 예전 30대에 고성고등학교에서 4년간 교사로 근무했기에 정년 퇴임을 한 후 우리 부부는 부모님이 돌아가셔 퇴락하고 쓸쓸해진 빈집으로 귀향하였다.

고향에 내려와 보니 외적인 모습도 많이 달라졌고 그 예전 풋풋하던 마음들이 사라졌다. 이웃 간에 손익 여부를 따지지 않았던 정서는 사라지고 객지에서 들어온 사람들과 거리를 두려는 마음을 읽을 수 있었다.

오랜 시간 서로 삶을 공유할 시간이 없었으니 예전 이웃들과도 서먹한 공간이 생겼다. 친정 마을일지라도 객지에서 귀향하면 다시 주민들과 어울리고 사는 노력이 필요하다는 것을 느꼈다.

우리 부부는 먼저 자신을 내려놓았다. 한 살이라도 더 나이 드신 분들께는 예의를 다하였고 그들이 잘하는 농사일의 전문성을 존중했다.

아주 사소한 농사일이라도 배움을 요청했고 가끔 음식을 만들어 대접도 하였고 애경사도 참여하였다. 그러다 보니 자연스레 마을 분들과 다시 동화되었고 외출하여 우리가 집에 없는데도 호박이나 가지 같은 채소를 문 앞에 두고 가기도 했다.

연어는 태어날 때부터 자기가 어디에서 태어났는지, 어디에서 살다가 어디로 돌아와 그 생을 마감할지 알고 있다고 한다.

위험을 마다하지 않고 수천만 ㎞를 헤엄쳐 자기가 태어난 곳으로 돌아온다. 고향에 돌아와 알을 낳고 생을 마감한다. 그 알들은 부화한 후 3개월 정도 지나면 어린 치어가 되어 먼 바다로 나갔다가 생을 마무리할 때가 되면 다시 고향을 찾는다.

치어가 성숙하여 알을 품고 태어난 곳으로 돌아오는 확률은 높지 않다는데 연어가 돌아오는 가을 가까운 북천에 가보면 배가 볼록해진 연어가 돌아오고 있는 모습이 보인다. 봄엔 북천강 하류에서 연어 치어 방류행사도 하는데 몇 년 전 나도 참여해 본 경험이 있다.

아직도 연어가 어떻게 자기가 태어난 곳으로 되돌아오는지 과학적으로 정확하게 밝혀지지 않았다고 한다. 그 처절한 회귀성과 태어난 곳으로 돌아와 종족을 번식시키고 생을 마무리하는 일생이 눈물겹다.

고향에 돌아올 때 나는 꿈이 있었다.

고향에 돌아와 문학 동아리도 만들어 문우들과 즐겁게 문학 활동을 하며 지역 문학 인구 저변화에 작은 힘을 보태고 싶었다. 그

바람이 현실로 이루어져 2011년 2월, 초계리 집에서 문학회 결성 모임이 이루어지고 몇 차례의 협의 끝에 2011년 2월 26일 '고성문학회'가 창립되었다.

몇 년 전 고성교육지원청의 도움으로 '청소년문학회'가 만들어져 평창 이효석문학관, 강릉 허난설헌 생가, 서울 경복궁, 고성 통일전망대, 건봉사, 청간정 등 여러 곳에서 문학체험학습을 하고 매월 글쓰기 공부도 하며 연말에 문집을 만들어 작품 낭송회를 하는 활동을 했다.

그들 중 국문학과에 진학한 학생도 있었는데, 고교 시절 청소년문학회 활동을 그리워하며 문자를 보내오는 친구들도 있다. 지금은 청소년문학회 활동이 이어지지 못해 아쉽지만, 그루터기가 있으니 언젠가는 싹이 나서 자라게 될 날이 올 것이다.

또한 고성문화원 문화학교에서 문예창작반을 개설해 주어 문학에 관심 있는 분들이 야간에 문학창작 공부를 할 수 있었다. 그들의 열정과 노력은 실로 대단했다. 주경야독하며 열심히 글을 써 몇 년 후, 10명이 넘게 중앙문단에 등단하였고 저서를 출간하며 자신의 문학세계를 넓혀가는 분들이 많아졌다. 어린 시절부터 잠재된 문학에 대한 목마름이 그렇게 클 줄이야!

초계리에 예술가들이 많이 살고 있었다. 매년 예술가들과 주민들이 작품활동을 하여 가을에 초예전(초계리예술전시회)하였다.

2017년부터 시작해 초창기에는 고성문화원에서 전시했고 작년부터 '수성문화제' 기간에 전시 부스에서 전시하였고 올해가 제6회 초예전으로 36편의 다양한 작품을 전시를 하였다.

고향에 돌아온 지 10년이 지났다. 정성을 들였던 일들에 꽃이 피고 씨앗이 맺히고 있다. 마을을 잘 가꾸어 후손들이 연어처럼 고향으로 돌아오는 아름다운 마을이 되었으면.

더 높이 날아라! 고성

"금강산 장엄함은 우리의 기상이요 동해의 수평선은 우리의 희망이다. ……."

나의 모교 고성중·고등학교 교가 1절의 첫 노랫말이다. 학교와 학생들을 많이 사랑하신 영어 교사였던 허도찬 선생님이 작사하셨다고 한다.

이 교가를 부르며 청소년기를 보냈는데 그 시절에는 고성이 좋은 곳인 줄 몰랐다. 봄이면 불어오는 바람과 겨울 폭설은 (지금도 '양간지풍'과 '통고다설'은 계속되고 있지만), 6㎞ 정도 걸어서 통학하는 내겐 늘 힘겨운 환경이었다.

나는 책을 읽고 싶어 여름방학이면 '소 풀 먹이는 일'을 자청했었다. 여름날 오후, 마을 언니 오빠들과 소를 몰고 감상골 골짜기로 간다. 그곳은 계곡이 깊고 출입구만 잘 지키면 소가 밖으로 나가지 못하는 장소였다.

마을 오빠들이 고삐를 소뿔에 단단히 감고 계곡에 풀어 놓고 군데군데 흩어져 소를 지켰다. 땅바닥에 꼬나나 장기판을 그려놓고 놀며 시간을 보내기도 했다.

그 시간에 나는 가져간 명작 소설 한 권은 읽을 수 있었다.

저녁나절 풀을 실컷 먹은 소들은 배가 불룩해져서 입구 쪽으로 어슬렁어슬렁 걸어 나왔다. 집마다 농사일을 돕는 소가 한두 마리 있던 시절이었다.

집으로 돌아올 때 오빠들은 소 등을 타고 앞에서 소 떼를 인도했다. 붉게 물든 노을 아래 소를 몰고 제방 둑길을 걸어가던 긴 행렬은 내 소녀 시절의 아름답고 그리운 추억의 한 장면으로 남아 있다.

이렇듯 아름다운 곳이지만 전쟁의 역사 속에서 주민들이 많은 아픔을 겪었던 곳이기도 하다. 그 일은 고성뿐만 아니라 남북 철책선을 가까이 접한 마을이 겪는 어려움이다. 더구나 고성은 1945년부터 1950년까지 5년 동안 북한 땅이었고 휴전하는 날까지 열심히 싸워 준 우리 국군들의 공로로 자유대한민국의 땅이 된 수복지구이다.

전선이 밀리고 올라가는 과정에서 선량한 주민들은 어찌할 바를 모르며 그들의 생존을 지켜야 했다. 그 와중에 연좌제에 묶여 자녀들의 꿈이 좌절되고 사회생활에 제약을 받아 가슴앓이하던 부모들이 많았다.

그런 험한 세월을 살아온 부모들은 자녀들이 고향에서 사는 것을 원치 않았다. 고등 교육을 받고 넓은 세상에 나가서 자유롭게 살길 바랐다.

그 세월이 어느새 70년이 훌쩍 넘었다. 전쟁에 참여하던 분들이나 그 자식들도 저세상 사람들이 되었다. 나의 아버지도 6·25 전쟁 때 30대 중반이셨는데 향로봉 전투에 탄약과 식량을 나르는 군번 없는 용사로 불려갔다가 전쟁이 끝날 무렵 살아 돌아왔다고 한다.

고성은 공기가 맑고 산수가 아름다운 곳이다.

외적으로 아름다운 절경 고성 8경이 있다. 북쪽에서부터 통일전망대, 화진포, 건봉사, 마산봉 설경, 송지호, 청간정, 천학정, 울산바위 등의 8경이다.

또한 좋은 경치를 구경하며 걷는 고성 9경 길이 있다.

제1길 관동팔경 팔백길(응봉 명품길), 제2길 금강산 해탈의 길(소똥령 명품길), 제3경 고성 갈래길(화진포 둘레길), 제4경 건봉사유적지 탐방길, 제5경 진부령 하늘 심산유곡길, 제6길 관대바위 산소길, 제7경 송지호 명품길(송지호 둘레길), 제8경 새이령 가는 길(문인풍류명품길), 제9경 신선 만나러 가는 길(화암사 둘레길)이다.

고성에 이렇게 이름도 예쁘고 좋은 걷기 코스 길이 있다는 게 자랑스럽다. 잘 모르는 군민들이 있어(나도 이 글을 쓰면서 확실하게 알게 되었다.) 소개한다. 고성을 찾아오는 관광객들이 이 글을 읽고 참고가 되길 바라는 마음도 있다.

 여행의 묘미는 자연 속에서, 마음이 통하는 사람들과 맛있는 음식을 먹을 때이다. 군민들이 좋아하고 관광객들의 미각을 돋우어 주는 영양과 맛을 곁들인 고성 8미를 소개한다.

 제1미 명태 맑은탕, 제2미 자연산 물회, 제3미 도치 두르치기, 제4미 도루묵찌개, 제5미 자연산 추어탕, 제6미 문어숙회, 제7미 방어회, 제8미 성게알 덮밥이다. 느끼하지 않고 담백하면서도 영양이 듬뿍 담겨있는, 고성군민의 주민성을 닮은 음식이라는 생각이 든다.

 예술인들이 문화적으로 소외되어 갈급함을 느낀다고 했는데 지난해 고성문화 재단이 설립되어 여러 문화행사를 개최하고 전문예술인들과 생활예술동호인들의 예술창작활동을 지원해 주고 있다. '달홀문화센터' 영화관에서는 전국에서 새로 개봉되는 영화가 동시 상영되고 전시홀도 만들어 예술가들의 작품 전시회에 도움을 주고 있다.

 산, 바다, 호수가 있고 화강암이 아름다운 곳, 고구려 시대의 기상이 서린 고성산 유적지, 제주도의 용암석 같은 신생대 시기에 분출한 팔각 모양의 돌을 가득 품은 운봉산, 사람이 사는 북방식 전통가옥의 왕곡마을, 특히 전 세계에서 하나밖에 없는 생명체의 보고인 DMZ, 얼마나 소중하고 귀한 유산들이 많은지…….

또한 물과 모래가 깨끗한 16개 해수욕장이 있어 여름이면 가족 단위의 피서객들이 많이 오고 바람과 파도가 서핑하기에 적당해 최근에는 서핑을 즐기려는 사람들이 많이 찾아온다.

해마다 지역문화제도 열리고 있다. 그중 전통문화를 기리고 주민의 단합을 위한 '수성문화제'('수성'은 고성의 옛 이름)와 경제를 활성화하고 통일을 기원하는 '고성 통일명태축제'가 있다.

청정 고성의 좋은 환경에서 살아가는 행복을 느껴야 한다. 서로 이해하고 애향심을 갖게하여 후손들이 다시 돌아오고 싶은 마을을 가꾸면 고성은 더 좋은 지역으로 발전하여 삶의 행복지수가 높아지는 고장이 될 것이다,

얼마 전 유튜브에서 고성이 우리나라에서 살고 싶은 지역 5곳 중의 하나에 속한다는 기사를 접하고 이런 곳에서 살고 있음에 자부심이 느껴졌다.

그 자부심을 하나로 모아 다 같이 외쳐보자.

"더 높이, 날아라! 고성이여!"

화암사 가는 길

  속초를 지나 고성으로 가다 보면 토성면에 화암사(禾岩寺)가 있다. 이 절은 수 바위 아래에 지어졌는데 빼어난 경관을 자랑하고 있다. 대부분 사람은 금강산은 북한에 있는 줄 알고 있는데 고성 미시령을 지나 신선봉부터 금강산 일만이천봉이 시작된다. 이 봉우리는 진부령 마산봉 향로봉으로 이어져 백두대간으로 뻗어나가며 금강산 시작을 알린다.

  신선봉 아래 기이한 형상의 수 바위가 있고 그 아래 화암사가 있다.

  이 화암사는 경관도 수려하지만, 소멸과 재건을 여러 차례 반복하며 지금까지 이어져 오고 있어 그 의미가 큰 절이다. 신라 혜공왕 때 진표율사가 화암사라는 이름으로 절을 세웠는데 조선 인조 1년(1623)에 화재로 소실되었다. 인조 3년에 다시 지었으며 몇 차례 소실되기를 반복했다. 고종 1년(1864)에 지금의 수 바위 밑에 다시 옮겨 짓고 수암사(穗岩寺)라고 부르다가 1912년 다시 화암사(禾岩寺)라고 불렀다고 한다.

  이렇게 많은 아픔을 겪으면서도 지금까지 그 위상을 지키고 있는 것은 부처님의 자비와 도량이 크고 수 바위의 경관과 지킴, 금강산의 관문이라는 지리적인 위치도 한몫하는 것 같다.

수 바위에 관한 흥미 있는 전설이 있다. 화암사는 민가와 멀리 떨어져 있어 스님들이 시주를 구하는 일에 어려움이 많았다고 한다. 어느 날 이 절에 사는 두 스님의 꿈에 백발노인이 나타나, 수 바위에 있는 작은 구멍을 찾아서 끼니마다 구멍에 지팡이를 넣어 3번 흔들라고 하였다. 두 스님은 꿈에 본 노인이 시키는 대로 했더니 끼니마다 두 사람 먹을 분량의 쌀이 나와 그 후부터는 끼니 걱정 없이 불도에 정진할 수 있었다.

어느 날 이 소식을 들은 객승이 와서, 수 바위 구멍에 지팡이를 여섯 번 흔들면 4인분의 쌀이 나올 것 아니냐며 지팡이를 6번 흔들었는데 쌀이 아닌 피가 나왔다고 한다. 그 후로는 수 바위에서는 쌀이 나오지 않았다고 한다.

먹고 살아가는 것에 대한 인간의 욕심을 경계하는 깊은 뜻이 담긴 전설이지만 수 바위는 많은 한자 중에서 특별하게 벼 '수(禾)' 자를 쓴다.

화암사 오르는 길에 유명한 것은 마음을 다스리는 선방의 시구다. 그 시를 읽으며 걷다 보면 겸허해지고 속세에서 가지고 온 무거운 짐들을 내려놓아야 할 것 같은 생각이 든다.

그 옛날, 남쪽 지방 선비들은 여행 코스로 고성의 화암사나 건봉사에서 하루 묵고, 금강산 유점사, 장안사를 거쳐 금강산 관람을 하는 것이 로망이었다고 한다. 집으로 돌아가는 길에 객을 대접하기 좋아하는 주인이 사는 강릉 선교장에 하루 묵으며 시 한 수 짓고 가는 일이 큰 기쁨이었다는 말을 들은 적이 있다.

요즘 사람들이 경치 좋고 머리를 식힐 수 있는 관광지를 찾듯이 교통이 불편했던 그 시대에도 이 같은 힐링 여행이 필요했나 보다.

금강산의 관문인 화암사를 거쳐 새소리, 바람 소리 수풀에서 들려오는 풀벌레 소리를 들으며 언젠가는 마음 놓고 갈 수 있는 북녘의 금강산을 그려보며 몇 년 전, 쓴 「화암사 가는 길」이라는 시를 옮겨 본다.

　　설악의 준령
　　울울창창 골 깊은 계곡
　　물소리 청아하다

　　구름은 능선 위에
　　은빛으로 걸려 있고
　　단풍은 바람에 몸을 뒤척인다

오름길 갓길

돌에 새겨진 선방의 시구에

옷자락 여며지는데

금강산에서

길 재촉하며 내려오던 단풍은

수 바위에 머물다가

바다로 내려갔다

-「화암사 가는 길」 전문

아버지의 집

새벽이 밝아온다. 창호지의 문살이 점점 선명해지고 뒷산에서 지저귀는 새가 잠을 깨운다. 마당에 나오니 새벽이 열리고 있다.

입춘이 지나 땅에서 흙냄새가 느껴지고 봄이 한결 가까이 다가왔다. 모처럼 호젓하게 지난날들을 생각해 볼 수 있는 시간이 여유롭다.

지금 내가 사는 집은 친정아버지가 1963년에 지은 집이다. 그 당시 나는 12살, 초등학교 6학년이었다. 이른 봄날 아버지는 아랫마을의 아주 큰 고택을 사서 헐어다가 이 집을 지었다. 꿈에 그 큰 집이 아버지가 서 있는 쪽으로 쓰러지는 꿈을 꾸었는데 그 후 우연히 그 집을 사게 되었다는 말을 어릴 때 들었다.

봄부터 시작한 집 짓기는 여름이 지나서야 끝났다.

학교에 갔다 오다 보면 아랫마을 큰 집이 헐리면서 엄청나게 많은 나무가 내가 살던 초가집 앞에 쌓였다. 마을 장정들이 모여 돌을 굴려 터를 닦고, 아주 커다란 주춧돌을 밧줄로 엮어 옮겨와 땅에 박고 기둥 같은 나무(대들보)가 천장 위로 올라가는 것을 신기하게 바라보던 일이 기억난다.

아버지는 농사일과 집 짓는 일을 병행하시고 어머니는 5개월이 가깝도록 매일 집 짓는 목수와 인부들의 식사 준비를 하느라 수척해지셨지만, 얼굴엔 늘 기쁨이 가득하셨다. 당시 마을에서 제일 큰 한옥이었다.

아버지가 이 집을 짓고 나자 마을 어른들이,

"어릴 때부터 그렇게 고생만 하더니 자네 성공했네!"

하고 말했다고 하니 아버지의 정체성에 얼마나 큰 기쁨을 준 집이었는지 짐작이 간다.

어머니는 이 집을 많이 아끼셨다. 농사일 짬짬이 집 안팎 벽에 회칠하고 단장하는 일은 늘 어머니 몫이었지만 집을 가꾸는 일

은 기쁨이셨다. 버스도 자주 다니지 않던 시절, 어머니는 거진 시장에 가서 곡식을 팔고 오는 길에 안방에 깔 비닐장판을 사서 머리에 이고 20리 산길을 걸어왔는데도 힘든 기색이 없었다. 장판을 방에 펴놓고 환한 웃음을 짓던 모습이 지금도 기억난다.

 부모님은 생전에 이 집을 자손들이 잘 관리해서 많은 사람이 기뻐하는 집으로 보존해 달라는 이야기를 몇 번이나 하셨다.
 1998년 아버지가 돌아가시고 5년간 집이 방치되어 퇴락해지자 몸에 지병이 있던 오빠가 집을 관리할 힘이 부치어 집을 팔겠다고 하여 우리가 이 집을 샀다. 팔고 사는 개념보다는 나는 오빠의 병원비를 넉넉히 보태드리는 마음이었고 오빠는 동생 내외가

아버지 집을 오래도록 잘 보존해 줄 것이라는 안도감으로 고마워했다.

2003년 봄부터 10년간 집수리를 하였다. 가급적 부모님이 지은 그대로 보존하며 살기 편한 쪽으로 수리를 하였다. 내부는 보일러 난방을 하되 부엌에 어머니가 쓰시던 무쇠솥을 걸고 온돌을 살려 아궁이를 만들었다. 집 공사를 할 때 플래시로 안방 구들장 속을 들여다보았는데 50년이 지났는데도 온돌을 얼마나 정교하게 잘 놓았는지 허물어지지 않고 그대로 있었다.

북방식 가옥구조는 추위 때문에 집안 한쪽에 마구간을 마련해놓고 겨울엔 소를 집안에 들여와 소와 같이 산다. 그 소를 키우던

마구간을 욕실로 만들었다. 기와가 낡아 지붕이 새 기와를 모두 내리고 다시 올렸다. 용마루만 새 기와를 잇고 나머지는 쓰던 기와와 부족분은 수소문해서 한식 기와를 구해다가 마무리하였다.

마당에 보도블록을 깔고 길과 텃밭을 구분하는 돌을 쌓고 장독대를 만들어 이리저리 굴러다니던 항아리를 아담하게 모아 놓았다.

태풍 매미의 영향으로 아버지가 손수 쌓으신 흙담이 반은 허물어진 상태였다. 집 뒤쪽은 경사가 있는 야산이라 담장을 쌓을 일이 난감 했다.

마침 부천 문인협회에서 수덕사로 문학기행을 가게 되어 남편도 함께 갔었는데 수덕사의 외부 담장을 보고 힌트를 얻어 기역

자 모양의 흙담을 쌓았다.

　방학을 이용하여 인부들과 함께 10여 년이 넘게 집을 수리하고 나서 우리 부부는 감사의 기도를 드렸다. 평생 성실하게 살아오신 부모님의 뜻을 기리고 그분들의 성실함을 오래도록 자손들이 느낄 수 있는 공간을 마련했다는 마음의 감사였다.

　집 이름을 짓자고 했더니 큰아들이 외할아버지가 지으시고 아버지가 리모델링을 하셨으니 '아버지의 집'이라고 이름을 지으면 좋겠다고 하였다. 공예를 하시는 분께 부탁하여 피나무로 '아버지의 집'이라는 택호를 서각해 걸었다. 농부로 부지런하게 사신 아버지 일생을 기리기 위해 태어난 지 100세 되던 날 「아버지의 초상」이라는 시비를 집 앞에 세웠다.

　그리고 집수리를 다 마친 후 우리의 마음을 써서 표구하여 대청마루에 걸었다.

　　지금은 하늘나라에 계신
　　황병락, 남계자, 아버님 어머님 두 분이
　　1963년에 지으신 이 집이

　　형제 이웃 간에 우애의 터전이 되게 하시고
　　신앙인들에게는 기도하는
　　평화의 집이 되게 하소서

삶에 지친 도시인들에게
편안한 휴식처가 되게 하시고
문인들에게는 창작의 샘터가 되게 하소서

전문성을 가진 분들에게는
전문성을 넓혀 도전하는
새로운 계기를 만들어 주시어

오래도록 부모님이 기뻐하실
아름다운 삶의 터전이 되게 하소서

−2005년 7월, 장녀 황연옥 글을 짓고 은천 이일숙 쓰다.

내가 기도문을 만들고, 국전에 입상한 서예가 은천 이일숙 선
생님이 한글 정자체 붓글씨로 써 주셨다. 요즘도 이 집이 간간
이 문인들 창작 공부방이 되곤 하지만 '아버지의 집'에 오시는
분들께 아름다운 추억을 선물하는 집으로 남아 있게 되길 바랄
뿐이다.

아프지 않고 크는 나무가 어디 있으랴!

추수를 마친 들녘이 한가롭다. 농부들의 얼굴에 수확의 기쁨이 가득하다.

인천에서 고성을 오가며 주말농장처럼 밭농사를 조금 짓다가, 퇴임하고 정식으로 고향에 귀농하여 1,600평의 논농사를 지었다.

농사일을 좋아하는 남편은 농부셨던 부모님의 노고를 더 나이 들기 전에 경험해 보고 싶고, 농약을 뿌리지 않고 농사를 지어 자식들과 이웃들에게 나누어 주고 싶다고 하였다. 물론 현대화된 기계를 가지고 있는 마을 분들께 모를 심고 벼를 베는 일은 도움을 받기로 하였다.

5월 중순, 못자리판을 주문하여 모를 심었다. 가급적 자연 친화적인 농법으로 농사지으려고 논에 우렁이도 넣었다. 토질이 좋아 순조롭게 모살이를 하고 가지치기를 하며 잘 자랐다. 논물을 보고, 논두렁의 풀을 깎고, 잡초를 제거해 주는 일을 하며, 아침저녁으로 논두렁에 나가 모포기를 들여다보는 남편의 얼굴엔 생기가 가득했다.

그런데 이게 웬일이란 말인가! 큰 문제가 생겼다.

보일러 탱크가 노화된 어느 집에서 밤새 경유가 새어 하수구를 통해 우리 논으로 흘러 들어갔다. 새벽에 일어나 보니 제일 넓은 논 600평에 기름때가 가득했고 벼는 군데군데 축 늘어져 있었다.

군청에서 직원들이 방제포를 가지고 나와 기름때를 걷고 난리가 났다.

이삼일에 걸쳐 기름때를 걷어내고 농수로에는 겹겹의 방제포가 설치되었다.

여러 차례 논물을 갈아도 기름은 완전히 제거되지 않았다. 검은 기름때가 거머리처럼 찰싹 달라붙어 떨어지지 않았다.

날이 갈수록 모포기가 시들기 시작했다. 마치 버짐을 먹은 아이 머리처럼 듬성듬성한 모포기는 기름띠를 몸에 붙이고 죽어가기 시작했다.

무공해 쌀을 이웃과 나누려는 마음으로 농사를 짓기 시작했는데 그 모습을 바라보는 일은 고통이었다. 병든 자식을 바라보는 부모의 마음 같았다. 큰길 앞에 있는 논이라 지나가던 사람들도 모두 혀를 차며 마음 아파하였다.

논에 나가 며칠은 모포기를 들여다보던 남편은 작심한 듯, 죽은 모포기를 하나하나 뽑아내기 시작했다. 다 뽑아내고 남은 것만이라도 다시 살아나기를 간절히 바라며 두 주일 정도가 지났다.

그런데 다행스러운 일이 생겼다. 남은 모포기 일부가 조금씩 살아나기 시작했다. 정말 저토록 강인한 농작물이기에 세계인들이 쌀을 먹고 특히 아시아인들의 주된 식량이 되었나 보다.

조카가 이웃 동네에 남은 모가 있다며 모를 구해 주겠으니 뽑아낸 자리에 다시 심어보라고 하였다. 그때가 6월 초순이었고 다른 논의 모들은 벌써 가지치기를 하여 잎사귀가 나풀거리며 자라고 있었다.

망설이던 남편은 모를 보식하겠다고 하였다. 기름때 묻은 모포기를 뽑아낸 자리에 일일이 새 모를 보식하였는데 120평 정도였다. 모포기 사이를 조심조심 다니며 보식하는 일은 더욱 힘든 일이었다. 포기하라고 말하고 싶었지만, 남편의 마음이 어떤지 알기에 나도 곁에서 그 일을 도왔다.

실낱같은 희망으로 그 작업을 하였다. 농작물을 자식처럼 사랑하고 키우는 진정한 농부의 마음이 남편에게서 느껴졌다.

그런데 신기한 일이 벌어졌다.

살아날 수 있을까 반신반의하며 보식한 모들이 뿌리를 내리고 자라기 조금씩 시작했다. '하늘은 스스로 돕는 자를 돕는다'라는 말이 실감 났다.

처음 모내기를 한 것과 보식한 것이 거의 한 달 정도 차이가 났는데도 7월이 되자 모들은 평균적으로 키가 비슷하게 자라기 시작했다.

아, 그런데 또 복병이 나타났다. 심한 가뭄이 몰려왔다. 들녘엔 밤낮으로 양수기를 돌리는 발동기 소리가 요란하게 들렸다.

우리 부부는 고심하다가 양수기로 물을 푸지 않기로 했다. 농업을 전업으로 하는 농민들이 조금이라도 논에 물을 대기 바라며 하늘만 쳐다보았다.

7월 중순이 되자 논바닥은 거북이 등처럼 갈라지기 시작했다. 모 포기들이 누렇게 말라 갔다. 봄에 모를 보식한 논은 유난히 가뭄을 더 탔다.

매일 하늘을 쳐다보며 노심초사하던 7월 23일, 천금 같은 비가 내렸다.

비다! 비가 온다! 온몸에 맞아도 좋을 단비가…….

밤부터 내리기 시작한 비는 이삼일을 흡족히 내려 모든 농작물이 해갈되었다.

이런저런 아픔을 겪고 자란 벼 이삭은 가을에 알곡을 실하게 맺고 고개를 숙였다.

주인의 특별한 사랑을 먹고 자란 벼는 많은 수확을 냈다.

그 해의 소출로 자녀, 이웃, 지인들과 추수의 기쁨을 나누었다. 봄부터 가을까지 어려움을 이기고 풍성한 수확을 주심에 감사하며 겸허하게 두 손을 모았다. 그리고 한목소리로 말했다.

"아프지 않고 크는 나무가 어디 있으랴!"

야생동물의 피해

여름날 비가 온 후 땅이 물러지면 어머니와 산도라지를 캐러 야산에 갔던 일이 생각난다. 산속을 이리저리 살피다가 보라색 별처럼 생긴 도톰한 꽃잎을 발견하면 반갑고 설레는 마음으로 얼른 다가가 끝이 뾰족한 호미로 도라지를 캤다.

저녁 식사할 때 향기 가득한 산도라지를 맛있게 먹던 일들이 한 장의 빛바랜 사진처럼 추억으로 떠오른다. 지금도 가끔 비가 내려 땅이 부드러워지면 집 가까운 야산에 가서 산도라지를 캐고 싶을 때가 있지만 산돼지를 만날까 봐 무서워 엄두도 못 낸다.

가까운 곳에 부모님 산소가 있어 가끔 산소 아래까지 갔다가 야생동물의 습격이 무서워 얼른 발길을 돌렸다. 얼마 전 마을 사람들에게 들은 말이 생각났기 때문이다.

산돼지가 새끼 몇 마리를 데리고 산길을 걸어 다니는 것을 보고 혼비백산하여 나무 위에 올라가 숨었다가 녀석들이 지나간 후 나무에서 내려와 도망해 왔다고 했다.

먹이사슬 생태계가 교란되고 야생동물 보호법이 생기고부터 농촌에서는 어이없는 일들이 발생하고 있다.

봄엔 못자리판에 멧돼지가 철퍼덕 누워 난장판을 만들어 못자리를 다시 마련한 분도 있고, 가을엔 벼 베기 전날 밤, 멧돼지가 논에 들어가 쑥대밭을 만들어 놓아 일 년 농사 헛지었다고 속상해하는 농부도 있다. 그런 일을 당한 농부의 분하고 허탈한 마음을 어떻게 위로할 수 있겠는가?

다량의 피해는 보험으로 보상해 주어도 작은 면적의 피해는 보상받기가 쉽지 않다고 하니 영세농민이 피해를 보면 더 마음 아프다.

농촌뿐만 아니라 대도시 인가나 상가 주변에도 멧돼지가 나타나 다치거나 피해를 보는 모습을 TV 보도를 통해 보면서 어이가 없었다.

사과를 재배하는 농가에서도 수확기가 다가오면 멧돼지가 떼를 지어 나타나서 출하하려는 사과를 따 먹고, 나무까지 쓰러뜨려 이듬해 사과 재배를 할 수 없게 만든다고 한다. 가지가 찢어진 나무를 다시 정상적인 수형으로 잡는데 몇 년이 소요되고 쓰러진 나무는 다시 세워도 뿌리에 손상을 입어 죽게 된다고 한다.

일반 과수원보다 밀식 재배 과수원이 피해가 크고, 비가 오고 난 후 멧돼지의 습격이 심하다. 암컷이 새끼와 함께 나타났을 경우 피해는 더욱 심해진다. 암컷이 앞발로 가지를 꺾거나 나무를 쓰러뜨려 새끼가 사과를 따 먹게 하기 때문이다.

야생동물이 주는 농작물 피해로 골머리를 앓고 있는 전업 농부들을 보며 동물 보호에 관한 생각을 해 본다. 산새는 수확기를 앞둔 옥수수나 과일을 쪼아먹어 상품 가치가 없게 하고, 고라니는 콩을 송두리째 따먹어 속상하지만, 멧돼지는 사람까지 다치게 하기에 더 무섭다.

멧돼지 이동 경로를 파악하여 이동하는 산의 길목에 멧돼지 먹잇감을 정기적으로 제공하면 멧돼지들이 마을로 내려오지 않고 도심에 출현하는 일을 어느 정도 방지할 수 있을까?

멧돼지 먹잇감으로는 식당의 잔반이나 먹다 버리는 음식물 찌꺼기 가공해서 먹이를 만들어 제공하면 되지 않을까 하는 궁여지책도 생각해 본다.

그러나 워낙 개체 수가 많아졌으니 어떤 방법을 마련해야 할지?

멧돼지의 피해를 줄이는 방법을 구체적으로 마련하지 않으면, 농부들은 다 된 밥에 재 뿌리는 것을 보듯 허탈해지고 분노가 일 것이다.

내가 만든 음식에 누군가 생각 없이 흙이나 모래를 뿌리는 일이 있다면 어떤 기분일까? 농부의 입장이 되어 야생동물이 주는 피해의 방비책을 골똘히 생각해 보아야 할 일이다.

만남과 이별

수년 전 남북 이산가족들이 어렵사리 오랜만에 만남을 가졌다.

텔레비전에 소개되는 가족들의 이산 사연들을 보면서 모르는 사람들인데도 마음 아파하고 눈시울을 붉혔다. 저들의 아픔은 본인들의 뜻과는 아무 상관 없는 나라의 전쟁으로 만들어진 역사적인 아픔이다.

아버지가 사망한 줄 알고 제사를 지내오다가 북에 계신 아버지를 만난 아들딸들과의 극적인 상봉, 딱한 사연을 지닌 형제 친지들과의 상봉 장면은 보는 사람들의 심금을 울렸다.

그러나 만남의 기쁨도 잠시, 헤어져야 하는 그들은 생전에 다시 못 볼 것 같은 예감으로 동동걸음을 하며 울면서 떨어지지 않는 발걸음을 돌려야 했다.

사람들은 인생을 살아가며 많은 만남과 이별을 경험하고 살아간다.

부부와 가족으로의 만남, 학교 친구 선후배, 직장, 같은 마을에서 만나는 사람들 등 수많은 사람과 만나 인연을 맺고 살아간다.

직장이나 동호인 모임 같은 자신이 선택한 만남도 있지만 부모 자식 같은 숙명적인 만남도 있다. 만나보면 마음이 편안한 사람도 있고, 이 사람은 만나지 말았으면 좋았을 걸 하는 불편한 만남도 있다.

　얼마 전 아주 상반되는 두 사람의 이야기를 듣게 되었다.
　한 사람은 오래전부터 친분을 나누어 오던 친구한테 큰 상처를 받게 된 우울한 이야기였다. 또 다른 사람은 이사를 하였는데 이웃에 좋은 분을 가끔 만나 대화하며 그분의 인격의 향기로 자신도 소중해진다고 말하였다.

　상반되는 두 사람의 이야기를 듣고 집으로 돌아오며 이런저런 생각을 했다. 오랜 친구한테 받은 실망으로 마음 아파하던 사람, 좋은 이웃을 만나 행복해하던 사람, 두 사람의 상반된 표정이 오래도록 눈앞을 어른거렸다.
　세월이 가면 언젠가는 친구나 이웃과 이별하게 될 것이다. 타인과 함께 있을 때 어떤 모습으로 대하여야 할지 생각해 보게 된다.
　얼마 전 문우들과 설악산 등반을 다녀왔다.
　단풍이 점점 산 아래로 내려오고 있었다. 계곡 옆 숲에서 빨강, 노랑 옷을 입은 단풍이 장관을 이루었고, 비선대 위의 까마득한 바위산에서 아슬아슬하게 암벽을 타는 모습들은 보는 사람들 마음을 조마조마하게 하였다.

봄은 땅에서 산으로 올라가고 가을은 산에서 땅으로 내려온다고 한다.

곱고 아름답던 단풍들이 모두 떨어지고 길섶의 들풀들까지 말라 드러눕게 되면, 우리는 아름답던 가을을 이별하고 추운 겨울을 만나야 한다.

만남은 이별을 의미하고, 이별은 또 다른 만남을 생각하게 한다.

우연한 만남은 없다는 데 만남의 소중함을 다시 생각해 보고 오래도록 함께하는 아름다운 만남, 그 후의 아름다운 이별은 어떻게 하는 것일까?

꽃 같은 단풍을 바라보며 만남과 헤어짐의 의미를 다시 생각해 보는 가을이다.

귀향의 노래

대부분 사람은 고향을 그리워한다. 부모와 형제를 생각할 수 있는 그리움의 젖줄이기 때문이다. 젊은 날 객지에 나가 살다가 나이 들어 고향을 찾는 것도 그런 연유가 아닐까?

나도 직장에서 퇴임하고 꿈이 있어 고향에 내려왔다. 십여 년이 지나 그 꿈들은 나무로 자라고 있다. 나무들이 큰 숲을 이루어 그늘과 열매를 주는 날이 오길 바라며 오늘도 그 길을 걷고 있다.

고향에 와서 하고 싶은 일 중 하나가 마을 사람들이 생활예술 활동으로 노년을 여유 있게 살아가는 장을 선물하고 싶었다. 젊은 날은 바쁘고 힘들게 살았을지라도 나이가 들어가며 새로운 활동으로 여유를 느끼며 사는 행복을 공유하고 싶었다.

몇 년 전 고성문화원에서 2층 사랑방에 '고성문학회' 모임 공간을 만들어 주었다. 행사가 있을 때는 다른 팀들도 사용했지만 사랑방에서 매월 문학회 월례회를 하고 백일장 심사도 하며 사무실처럼 썼다. 전기를 꽂으면 방바닥이 따뜻하고 아늑했다. 나는 시간이 있을 때면 노트북을 가지고 그 사랑방에 가서 글을 썼다.

사랑방 앞쪽에는 그림을 그리는 '달홀그리미' 동인 그림 방이 있었다.

하루도 빠짐없이 나와서 그림을 그리는 화가가 있었는데 개인 전도 가진 대형 황태 그림을 그리는 최향미 화가였다. 최향미 화가는 초계리 황동환 씨에게 시집온 초계리 며느리다.

나는 글을 쓰고 그녀는 그림을 그리다가 피곤해지면 가끔 같이 차를 마셨는데 2017년 봄 어느 날 내가 최향미 화가에게 이렇게 말했다.

"나는 시인으로 초계리의 딸이고, 향미 씨는 화가로 초계리 며느리인데 우리 마음을 모아 전시회 한번 해 보지 않겠어요? 초계리에 서예를 하시는 분, 민화 사군자를 그리시는 분, 서각을 하시는 분들이 몇 분 계시는데, 그분들과 마음을 모아 볼까요?"

"네, 좋아요! 선생님, 의미 있는 전시회가 될 거 같아요."

최향미 화가는 내 말에 선뜻 동의했고 가을에 초계리 예술가들의 전시회를 하자고 마음을 모았다. 그 일이 있고 난 뒤 우리는 시간이 있을 때마다 전시회에 대한 의견을 주고받았다.

2017년 가을, 고성문화원 2층 전시실에서 제1회 초예전(초계리예술전시회)을 하였다. 기획도 좋았고 작품 수준도 훌륭하다고 관람을 온 분들께 찬사를 들었다. 초계리 아들, 딸, 사위, 며느리, 귀촌 예술가 8명이 작품을 모았고 그에 따른 경비는 우리가 걷어서 했다. 처음 참석한 회원은 다음과 같다.

최향미(서양화), 황연옥(시화), 황철순(한자서예), 이시자(민화, 한자
서예) 김덕영(한글서예), 김기식(서각), 황광성(시화), 송옥란(한글서예, 문
인화)

1회 전시회를 성황리에 마치고 평가회를 하는 자리에서 내년
부터는 마을 주민들과 함께 하자는 제안을 했다. 작품성이 좋고
나쁜 것을 따지지 말고 주민들과 즐겁게 생활예술 활동을 같이
하자는 의견에 모두 동의했다.

그 이듬해부터 노인정에서 마을 어르신들과 여러 활동을 했다.
미술 시간에 아이들을 가르쳤던 경험을 되살려 사포에 크레파스
로 그림 그리기, 데칼코마니, 물감 불기, 찍기 등의 활동을 했고,
전문성을 요구하는 것은 지인 예술가의 도움을 받았다. 그들은
강의료도 못 드린다고 하였는데도 선뜻 와서 도움을 주었다.

강원문화재단과 다른 기관에 지원금 신청을 하여 생활도자기
만들기를 하였다. 가내 생활용품을 만들어 쓰던 분들이라 그런
지 연로한데도 솜씨가 정교하였다. 자신이 만든 밥그릇, 국그릇,
접시, 물컵에 음식물을 담아 먹을 수 있어 기쁘다며 웃음이 가득
하였다.

무더운 초복 날 염색 전문가를 찾아가 머플러, 손수건에 자연

염색하는 방법을 익혀 물감 그릇에 서로 손을 넣으며 물감이 얼굴과 옷에 묻어도 아이들처럼 웃으며 좋아했다. 점심에는 삼계탕을 주문해 먹으며 계곡에서 초복 놀이도 하였다.

어버이날에는 국악 연주, 한국무용 하는 분들을 모셔서 효 공연도 가졌고 강원문화재단의 차량 도움을 받아 어르신들을 모시고 강릉 오죽헌과 선교장 경포대에 나들이도 다녀왔다.

이 같은 활동은 단순히 예술 활동을 하는 데 목적이 있는 게 아니라 서로 소통하며 사소한 일로 쌓았던 마음의 담장을 헐어가려는 데 있었다.

2022년에는 제6회 초예전은 수성문화제 전시 부스에서 하였다. 마을에 귀촌한 분들도 적극 함께 참여하여 그 의미가 컸다. 이 같은 활동이 인정을 받아 '강원도 기업형 새 농촌사업(도약마을)'에 선정되어 내년부터 마을문화예술 회관을 지을 경비를 지원받게 되었다. 마을 앞 '초계천'에 1.5㎞의 배롱나무 길이 조성되어 자전거 타기, 산책하기가 좋고 꽃밭 가꾸기 등 외적인 마을 경관도 아름다워지고 있다. 감사한 일은 문화 예술을 사랑하는 분들이 한 분, 두 분, 우리 마을로 귀농, 귀촌하는 일이다.

우리 마을이 지향하는 슬로건이다.

"반딧불이가 아름다운 행복한 초계리 문화마을!"

반딧불이는 캄캄한 밤에 꽁무니에 불을 밝히며 날아가는 희망이며, 청정지역의 상징이고, 어린 시절의 향수를 느끼게 하는 곤충이다.

주민과 귀촌한 사람들이 함께 부르는 귀향 노래가 넓은 들녘에 오래도록 아름답게 울려 퍼지길 바랄 뿐이다.

산은 웃고 바다는 노래하리

    문인의 길을 걸으며 나는 꿈이 있었다. 고향에, 둥지가 될 '문학회'를 만드는 일이었다. 글을 사랑하는 고향 문우들과 풋풋한 만남을 가지며 문학적인 역량이 있는 후배들의 재능을 끌어내어 주고 싶었다.

    그런데 그 일이 우연하게 태동되었다. 2008년쯤으로 기억된다. 당시 고성군 군수이셨던 고 황종국 군수님께서 만나자는 연락이 왔다. 여름방학 중 시간을 내어 군청에서 군수님을 만났다.

    황 군수님은 내게 고성은 미술이나 음악을 하는 분들의 모임은 있는데 문인들 모임은 없다며 고성에 문학회 동아리를 결성해 주었으면 좋겠다고 하셨다.

    "황 시인이 다른 지역에서 문학회 활동을 많이 한다고 들었는데 고향을 사랑하는 마음으로 의미 있는 일을 고성에서도 해 주었으면 좋겠어요."

    군 행정의 최고 어르신으로 바쁜 행정업무 이외에도 문화 예술 발전에 관심을 가지고 미래를 생각하시는 모습에 감동을 받았다.

    그 후 문학회를 창립하는 일에 가속이 붙기 시작했다. 당시 고성군 향토역사연구회 회장으로 있는 남숙희 선배님이 같은 생각을 가지고 동참해 주셨고 지역 문우 몇 분을 소개해 주었다. 방학에 내려와 그분들을 초계리 집에 초대해 된장찌개도 끓여 먹고 차도 마시며 마음 문을 열어갔다. 2009년 여름 문학회 결성에 관한 논의가 제기되었고 몇 차례 모임이 반복되며 구체화 되어 갔다.

지금도 기억난다. 눈이 무릎 위까지 온 날, 남편과 함께 죽왕면 사무소로 이선국 면장님을 찾아가던 일이.

바쁜 공직에 있어 활동하는 일이 어렵다고 하셨지만, 미래를 준비하려는 문학회 창립의 뜻을 알고 마음을 모으셨다.

2011년 1월 6일, 거진읍 초계리 우리 집에서 7명이 모여 창립 발기인 모임을 하고 임원 선출과 정관을 만들었다. 초대 회장으로 이선국 씨, 내가 부회장을 맡았다.

2011년 1월 26일, 드디어 '고성문학회'라는 멋진 깃발이 고성에 우뚝 세워졌다.

매월 월례회에서 작품 합평회를 하고, 매년 고성군 청소년 백일장을 개최하여 문학의 재능 있는 청소년들을 발굴하는 일을 감당하고 있다. 가을마다 열리는 고성군 문화의 큰 잔치 '수성문화제'에서 시화전을 하고, 시낭송회와 문학기행도 하며 다른 지역과 문학 행사 교류를 통해 문학창작의 뜰을 넓혀가고 있다.

처음에 10명 남짓의 문우들 모임으로 시작된 고성문학회가 지금은 양적 질적으로 많이 발전하였다.

'한국문인협회 강원고성지부'로 승격하였고 『고성문학』 동인지를 10집을 발간했으며 강원문인협회의 동인지 경연대회에서 우수상을 받기도 했다. 회원들이 부단하게 공부를 하여 등단 개인 작품집을 발간하는 분들이 많아지고 있으니 기쁘고 축하할 일이다.

특히 청소년들의 꿈을 길러주는 '청소년 백일장'은 올해에 11회로 초·중·고 학생들에게 문학의 꿈을 키워주는 일을 하고 있다.

2011년 2월 26일, 고성문학회 창립을 하던 날 나는 아래의 창립 축시를 써서 낭송하며 참석하신 분들과 마음을 나누었다.

멀리 산마루 잔설이 은빛으로 빛나고
나무마다 물 올리는 소리 들려오는 계절,
노란 햇살이 실개천 버들개지 위에
머무르다 바람 소리에 놀라 자리를 비키면
어디선가 찰랑거리는 도랑물 소리 들려옵니다

"고성문학회",

향로봉에서 불어온 솔바람이

바다로 호수로 들녘으로 불어와

산하를 끌어안고 큰 꿈을 태동시켰으니

산수 수려한 이 땅의 향기를

찬란한 그리움으로 풀어 올리세

자연과 어우러져 살아가는

소박한 사람들의 삶의 이야기를

갈무리하여

문학이란 그물에 건져 올리면

산은 웃고, 바다는 노래하리!

통일의 그날이 오면

북쪽 명파리에서 남쪽 용촌 마을까지

후손들에게 남겨줄 푸른 씨앗이 되리니

아! 겸허한 은총이어라

여기 흰 눈 녹은 양지 녘에서

정갈한 봄옷 갈아입고

들녘에 울려 퍼지는 힘찬 맥박 소리를

귀 기울여 들어보세나
산이 웃고, 바다가 노래하는 소리를

ㅡ「산이 웃고, 바다가 노래하는 소리를」 전문

부천에서 교직에 있으며, 주말에 서쪽에서 동쪽을 오가는 바쁜
삶 속에서도 문학과 고향을 사랑하는 마음이 피곤을 이길 수 있
는 에너지가 된 것 같다.

'고성문학회'는 통일 후, 철조망의 상흔으로 오래도록 아팠던
이 땅에 문화와 정서적인 면에서 산이 웃고 바다가 노래하는 큰
기쁨을 선물할 것이다.

처음 문학회가 태동할 때부터 한마음으로 옆에서 말없이 외조
를 아끼지 않은 남편(김기식)이 고마운 마음이 든다. 창립 논의 때
부터 마음을 모아 주었고 문학회 일로 외출할 때마다 운전이 약
속 장소까지 데려다주었다.

초창기에는 회원들에게 밥도 사주며 격려해 주었고, 문학회에
서 시화전을 할 때는 액자를 실어 날라 작품 전시를 도와주었다.
창간호 출판 기념 때는 금일봉으로 가난한 모임에 힘이 되어 주
었던 그.

고맙다고 하면 문화적으로 고립된 접적 지역인 고성에 의미 있

는 일이라 뒤에 서 있기만 했을 뿐 도움을 준 것이 없다며 빙그레 웃는다. 남편뿐만 아니라 고성문학회를 사랑하고 힘이 되어 주는 분들로 인해 문학회가 더 발전되고 역량 있는 좋은 글을 쓰는 문인들이 많아지리라.

문득 "네 시작은 미약하였으나 네 나중은 심히 창대하리라!"는 성경 말씀 (욥기 8:7)이 생각났다.

통일이 되어 고성 문우들이 금강산에 가서 북쪽의 문우들과 함께 시 낭송을 할 날이 오길 꿈꾼다.

그날은 진정 산이 웃고, 바다가 춤추며 노래하리라!

추수를 마치고

추수를 마친 논이 허전하다.

모판에 볍씨를 뿌리고 정성껏 길러 모를 심던 봄날, 이랑 가득 초록 춤 가득하던 여름날이 생각난다. 황금빛 벼 이삭이 넘실거리던 가을날, 절대 쉽지 않은 150여 일의 농사 일정이 파노라마처럼 머릿속을 지나간다. 세 번의 계절이 바뀌며 볍씨들은 하얀 쌀알이 되어 식탁에 올려졌다.

남편의 직장 정년 퇴임 후, 우리 부부는 초계리로 귀촌하였다. 남편은 농사일을 즐거워했다. 처음엔 밭농사만 지었는데 3년 전부터 문전옥답 1,600여 평의 논농사를 마을 분들의 도움으로 짓고 있다.

우렁이 농법을 동원했고 제초제를 뿌리지 않고 무더운 여름날, 땀을 흘리며 논둑을 깎았다. 다행히 지력이 좋은 토질이라 별다른 병충해 없이 벼가 잘 자랐다.

그러나 농사짓는 일이 어디 그리 쉬운 일인가? 첫해는 봄 가뭄이 심해 어려웠고, 둘째 해는 논바닥에 알 수 없는 이끼가 많이 생겨 신경을 쓰게 했고, 삼 년째 되는 해는 20여 일이 넘게 가을에 비가 내리고 바람이 불어 300여 평의 벼가 논바닥에 쓰러졌다.

길옆의 논이라 지나가는 사람들 모두 안타까워했다. 전문 농부도 아니고 귀향해서 소일 삼아 짓는 농사인데 저걸 어쩌나 하며 혀를 차기도 하며 모두 걱정해주건만, 야속한 비는 그칠 줄 모르고 쓰러진 벼 위에 계속 내렸다.

처음에는 벼가 땅에 드러눕지는 않았다. 잘 여문 이삭에 비가 내리니 이삭이 무거워 논바닥으로 머리를 박았다.

벼 이삭에 싹이 나기 시작했다. 진흙 논이라 기계가 빠져 콤바인으로 벼를 벨 수 없는 형편이었다. 매일 아침 일어나 논을 바라보는 것을 기뻐하던 남편의 얼굴이 점점 어두워지고 있었다.

그런데 구원투수가 왔다. 추석을 보내러 온 두 아들이 논에 쓰러진 벼를 보며 어두운 아버지 얼굴을 바라보더니 낫으로 벼를 직접 베자고 했다.

추석날, 농사일이라곤 해 본 적도 없는 두 아들은 군에 가서 대민지원할 때 벼를 베어 본 경험으로 수렁 같은 논에 들어가 벼를 베기 시작했다. 처음엔 낫질이 어설프던 아들들이 차츰 익숙해지며 속도를 내기 시작했다.

삼부자가 이틀에 걸쳐 쓰러진 벼를 모두 베어 논둑에 볏단을 세웠다.

진흙이 가득 묻은 옷을 벗으며 아들은 아버지가 매년 갖다주시는 쌀이 얼마나 귀한 쌀인지 알게 되었다고 한다.

지성이면 감천이라 했던가? 다행히 추석이 지난 후, 비도 그치고 날씨가 좋아져 마을 분의 콤바인으로 쓰러지지 않은 나머지 논의 벼를 베어 추수를 마무리하였다.

문득 친정아버지가 생각났다. 1960년대 후반, 대농을 하시면서 가을에 일할 사람을 못 구해 밤낮으로 벼를 베셨다. 추위가 오면 벼 목이 부러진다며 달밤에도 벼를 베셨다. 가을이면 아버지 입술은 부르트고 헤어져서 벌겋게 피멍이 사라질 날이 없었다.

벼를 베어 볏단을 논둑에 세워 말린 후, 지게로 져서 마당에 날라다 볏가리를 쌓고, 타작한 벼를 햇볕에 말려 정미소로 싣고 가 방아를 찧고…….

지금은 완전히 기계화되었는데도 힘들다고 하는데 영세한 농법으로 그 많은 농사일을 하느라 얼마나 힘이 드셨을까? 그렇게 힘들게 농사지어 마련한 학자금으로 우리가 공부할 수 있었고 벼 한 알이 부모님의 땀방울이었다는 것을 후에 깨닫게 되었다.

집안 형편이 넉넉지 않은 어느 농부의 자녀에게 도움이 되기를 바라는 마음으로 농사지은 수익 절반을 고성군 향토장학금으로 보내고 싶었다. 남편도 같은 마음이라며 선뜻 동의하여 맡기었다.

열심히 농사지어도 쌀값이 하락하여 농부들 마음이 아플 것 같다. 노동비는 고사하고 씨앗값, 농약값, 비롯값, 농기구 임대료를 제하고 나면 소규모 농가는 남는 게 없다고 한다.

그래도 저들은 내년 봄이면 묵묵히 또 논에 모를 심고 농사를 지을 것이다. "농자 천하지대본", 말속에 담긴 농업의 소중함과 손해를 보아도 변함없이 땅을 사랑하는 농부들의 마음을 조금은 알 것만 같은 가을이다.

5부   오래된 친구, 그 향기

늦게 핀 국화

앞마당 한쪽에 늦게 핀 국화가 행인의 눈길을 끌고 있다.

초가을에 핀 국화는 시들어 가는데 화분 안에서 뒤늦게 꽃망울을 터뜨린 국화꽃이 늦가을 집주변의 정취를 환하게 해 준다.

몇 년 전부터 아름다운 자태를 뽐내는 실국이나 대국을 직접 길러 보고 싶었다. 지난해부터 국화를 잘 기르는 마을 분의 도움으로 국화를 재배하게 되었다.

6월 초 커다란 화분에 모래를 담고 여러 종류의 국화를 줄기만 잘라 삽목하였다. 한두 달 후, 뿌리 내린 국화 싹 20여 개를 화분에 옮겨 심었다. 국화 싹은 잘 자랐다. 가을날 꽃으로 필 멋진 모습을 생각하며 정성껏 물을 주고 보살폈다.

그런데 가을이 되어도 국화는 꽃 필 기미가 전혀 없었다. 다른 집엔 국화꽃 봉오리가 맺히는데 우리 집 국화는 잎사귀만 무성할 뿐이었다. 흙의 영양상태가 부족한가 하여 좋은 흙을 더 넣어 주었는데도 감감무소식이었다.

답답한 마음에 국화를 전문으로 재배하는 원예 단지를 찾아갔다. 그곳에서 국화재배에 대한 새로운 상식을 알게 되었다.

국화는 낮의 길이가 12시간보다 짧을 때 꽃눈이 분화되어 꽃이 피는 단일성 식물이라고 한다. 밤에 잠을 재워야 하는데 마당에 가로등이 있는 우리 집 환경에서는 국화꽃이 필 수 없다는 걸 알게 되었다.

정말 자존심 강한 꽃이다. 꽃말도 '정조, 고귀, 청결, 진실'의 뜻을 담고 있다. 그래서 옛적부터 국화를 사군자에 포함해 향기와 절개가 있는 가을꽃으로 칭송하고, 차까지 다려 그 맛과 향을 음미하였나 보다.

꽃은 피지 않고 잎만 무성한 줄기를 아쉬운 마음으로 잘라 내고 화분을 마당 한구석에 놓았다. 뿌리는 화분 속에서 눈비를 맞으며 월동했다.

이듬해 봄이 되자 화분에 다시 싹이 올라왔다. 지난해 꽃을 보지 못한 일이 생각나 8월 초에 화분을 뒤란으로 옮겼다. 뒤란은 일조량이 적고 가로등이 지붕에 가려져 불빛이 비치지 않기 때문이다.

정성껏 물을 주며 꽃봉오리가 올라오기를 인내하며 기다렸다.

시월이 되어 다른 집은 국화꽃이 피기 시작하는데 우리 집 뒤란의 국화는 여전히 꽃이 필 기미가 없었다. 올해도 꽃이 피지 않는 것 같아 실망이 컸다. 그래도 물을 좋아하는 국화에게 듬뿍 물을 주며 정성을 쏟던 어느 날, 줄기 끝에 노란 꽃봉오리가 맺히기 시작했다.

"아, 국화꽃이 피네!"

나도 모르게 탄성이 나왔다. 줄기 끝에 꽃봉오리가 맺히더니 하나둘, 앞다투어 꽃이 피기 시작했다.

2년 만의 화려한 외출이었다. 노란색, 흰색, 자주색, 실국, 대국 등 색깔과 모양도 다양했다. 하지가 지난 후 뒤란에 갖다 놓고 일조량을 조절해 주었으면 더 일찍 꽃을 피웠을 것이다. 어리석은 주인 때문에 제때 꽃을 피우지 못하고 늦가을에 얼굴을 드러낸 국화꽃에 미안한 마음이 들었다.

문득 가정 형편이 어려워 교육을 받지 못하다가 늦깎이 공부를 하여 고교졸업장을 받고 환하게 웃던 70대의 할머니가 생각났다. 국화꽃이 그 할머니를 닮았다는 생각이 든다.

자녀교육도 그럴 것이다. 아이의 적성과 성향, 기질을 잘 알지 못하고 힘들게 하여 발달을 늦추게 하는 경우들이 있다. 뒤늦게나마 적성을 발견하고 돌보아 줄 때 그 아이는 비로소 제 자리를 찾아간다.

늦게 철난 자식이 효도한다는 말도 있듯이 자아 성취가 늦었다고 해서 좌절할 필요는 없다. 뒤늦게라도 목표를 바로 세우고 노력하면, 훗날 아름다운 인생의 꽃을 피울 수 있다.

밤에 국화 곁에 가면 촉수 낮은 전구를 켜놓은 것 같이 뜰이 환하고 향기 또한 은은하다. 달밤엔 국화가 더 아름답다.

나뭇잎이 떨어지고 찬바람이 옷깃을 여미게 하는 늦가을이다.

소담한 국화꽃 앞에서 한 송이 꽃을 피우기 위한 아픔과 기다림의 시간을 다시 생각해 본다.

오래된 이웃, 그 향기

장은 묵으면 맛이 깊어지고 포도주도 오래된 것일수록 맛의 진가가 나타난다고 한다. 내게는 오래된 장과 포도주처럼 오래전부터 지금까지 꾸준하게 만나는 향기 있는 친구들이 있다. 오래되어서 향기가 곰삭아 신선함보다는 푸근함으로 다가오는 그들. 학연과 지연, 신앙생활을 하며 만나게 된 친구들이다.

가장 오래된 친구들은 19살에 만난 '은백양' 친구들이다. 은백양은 춘천교대 진입로에 있는 나무이다. 이파리 뒤쪽이 은빛인데 바람이 불어 이파리가 흔들리며 은빛 물고기 떼가 파닥거리며 춤추는 듯 아름다웠다.

은백양은 50여 년간 춘천교대를 상징하는 나무로 불렸다 해도 과언은 아니다. 졸업생들은 각자의 학번과 반을 붙여 여러 곳에서 은백양 모임을 만들기도 하였다.

경인 지방에 사는 춘천교대 1971학번 친구들이 '은백양 E반' 모임을 1990년 초에 만들었다. 30여 년이 지난 지금도 20명이 넘는 친구들이 계절마다 만나고 있으니 감사하다는 생각이 든다.

174

그 당시 한 반에 36명이었으니 60% 이상 모이고 있다.

직업이 교사라는 공통분모가 있어 직장 생활을 하며 서로 유익한 정보도 공유할 수 있고, 방학이 있어 지속적인 만남이 가능했는지도 모른다. 처음 만났을 때는 40대 초반이었는데 지금은 70이 넘었다. 젊을 때는 해외여행을 다녔는데 나이가 들며 먼 여행이 힘들어 지금은 가까운 곳, 경관 좋은 곳에서 만난다.

우리들의 만남이 어찌 여행에만 목적이 있으랴! 만나서 하룻밤을 함께 지내며 자녀들 키우는 이야기, 교단에서의 추억과 옛 제자들의 이야기, 이런저런 삶의 애환을 나누며 좋은 일을 축하하고 힘든 일은 위로와 격려를 보낸다. 오래된 흑백사진 같은 대학 시절 추억을 꺼내서 깔깔거리며 웃다 보면 나이도 잊어버리고 열아홉 살, 그 시절로 돌아가 있다.

그러던 우리가 어느새 고희를 맞았다. 인생의 깊이를 아는 나이가 되었다. 코로나19로 최근 2년간은 만나지도 못했다. 모든 것이 정상으로 돌아와 호수가 바라보이는 곳에서 하룻밤 같이 지내며 그간의 지내온 일들을 나누고 싶다.

춘천에 '작은 사랑'이라는 모임도 춘천교대 10회 모임으로 그 우정의 깊이가 강물보다 깊다. 살아가며 큰 사랑은 못 해도 '작은 사랑'이라도 나누자고 1984년에 결성된 모임, 안타깝게도 지병으로 하늘나라에 간 친구도 있지만 30여 년 따뜻한 사랑을 나누며 서로에게 힘이 되어 주고 있다.

또 기쁨을 나누는 친구들은 부천초등교사문학회 회원들이다. 1996년 부천교육청에서 예능 방면의(문학, 미술, 음악) 특기적성 (지금은 진로적성이라 부름) 교육을 준비하는 교사 모임을 결성해 주어 만나게 되었다.

교육청, 소방서, 시청의 글짓기 심사도 하며 글짓기지도자료를 공유하고 매년 『교사문학』 동인지도 만들어 연말에 출판기념회도 하고 방학에는 문학기행으로 전국의 문학관을 탐방하였다.

원주 박경리 문학관, 남쪽 고창 미당 시문학관, 춘천 김유정 문학관, 안성 조병화 문학관 등, 여러 곳을 탐방하며 선배 문인들의 창작 혼을 기렸다. 붉은 꽃무릇 피는 선운사, 하얀 눈 속 전나무 숲길이 멋진 내소사 길을 걸으며 아름다운 추억도 만들었다.

초창기에 활동했던 회원들이 다른 지역으로 전근하거나 퇴직하여 교단을 떠났고, 방과 후 글짓기 교육은 전문 글쓰기 강사들이 맡게 되어 처음 모임 결성 의미가 사라져 떠난 친구들도 있으나 10여 명의 회원은 지금까지 나이를 불문하고 꾸준히 만나 인생의 지기들이 되었다.

처음 만날 때 20~40대였는데 이젠 50대~70대가 되었다. 세월이 지나 승진하여 교감, 교장도 되었는데 여전히 '부천교사문학회'이다. 모임의 별다른 이름도 만들지 않고 27년째 그렇게 편한 만남을 이어가고 있다.

시, 시조, 동화, 수필 등 모두 각자의 문학세계가 있고 저서도 몇 권씩 발간한 분들이지만, 글은 각자 쓰기로 하고 요즘엔 만나면 화두가 삶의 여유와 힐링이다. 퇴임한 친구들도 있으나 아직 현직에 있는 분들이 더 많다. 열심히 일하며 삶을 즐기는 워라벨(일과 삶의 균형)의 수치가 높은 멋진 친구들.

매년 여름이면 초계리에 와서 일 바지(일명 몸빼바지)를 갈아입고 대청에 벌렁 누워 매미 소리를 들으며 휴식한다. 얼마 동안 그렇게 멍때리기 하다가 정신을 차린 후 고구마 줄기, 깻잎을 따서 김치도 만들고 동요를 부르며 냇가를 산책하기도 한다. 그들에게 나는 왕언니다.

또 신앙생활을 하며 마음을 모으는 기도방 이웃들이 있다. 매일 새벽, 나라와 이웃, 서로를 위해 기도한다. 갑자기 어려운 일을 당할 때 그들은 기도의 용사로 큰 힘이 되어 준다. 성경 말씀으로 희망과 위로를 나누기에 늘 감사하다.

그 외에도 부천에서 근무하는 학교마다 자모들의 글쓰기 반을 만들었는데 그 어머니문예교실 회원이었던 자모들이 시인, 동화작가, 시낭송가가 되었다. 마음이 통하는 몇 분들이 '또바기(언제나 한결같이 꼭 그렇게)'라는 모임을 만들어 지금까지 만나며 정을 나누고 있다.

고성의 문창반 '여문회' 회원들도 모두 주경야독하며 글을 쓰고 있고, 살아가는 일에도 좋은 정보와 도움을 나누는 아름다운 사람들이다.

인생을 살아가며 마음을 터놓고 이야기할 수 있는 친구 몇 사람만 있어도 성공했다는데 부족함이 많은 데도 향기 있는 멋진 이웃들이 많은 나는, 행복한 사람이라는 생각이 든다. 오래도록 진솔하게 우정을 이어가는 그들이 정말 고맙다.

가끔 만나 식사도 하고 차도 나누며 여유를 지니고 살아가는 인생의 좋은 지기가 되길 늘 기도한다.

호수공원의 사계

  내가 사는 아파트 가까이에 부천 상동 호수공원이 있다. 아파트에 입주한 지 20년이 넘었지만 다른 곳으로 이사 가지 않고 사는 이유 중 하나가 집 가까이 호수공원이 있어서다.

  처음 이사 오던 1999년 7월의 호수공원은 늪지대였다. 농경지도 있었지만, 가구 공장이 밀집해 있던 마을이었다. 인천시와 부천시의 접경으로 문화와 교통이 소외된 시 변방의 작은 마을이었다.

  지금은 교통의 요지가 되었고 실내 골프장, 스키장, 수영장, 만화박물관, 영상단지 등 각종 레저를 즐길 수 있는 문화의 중심지가 되었다.

  개발되기 전에는 '신상리'라는 이름으로 불렸다. 농가들이 오순도순 머리를 맞대고 있던 전형적 농촌 마을이었다. 개발의 붐을 타고 마을이 없어지고 있었다. 사라져가는 마을에 대한 아쉬운 마음을 「신상리 사람들」이라는 연작시로 10편 썼는데 그중 한 편을 소개한다.

신상리 마을 외딴곳

좁은 논둑길 걸어가면

수풀 엉켜 자라는 늪지가 있다

바람 부는 낮은 언덕에

알몸으로 누워 있는 들풀들

늪지에 고인 검은 물을 마시며

맑은 꽃망울을 피워내는

저 끈질긴 생명력을 보라

소란한 도심의 외곽 지대에

안개를 벗고 다가오는 푸른 들녘

멀리 신도시로 가는 조그만 논둑길로

물방개처럼 기어가는 긴 자동차 행렬

하늘은

텅 빈 마을의 외로움을 달래려

뭉게구름을 피워 올리고

언덕 위 하얗게 핀 억새꽃은

푸른 논벌의 그리움을 노래한다

－「신상리 사람들 10－늪지에서」 전문

1999년에 발간된 나의 세 번째 시집에 수록된 시이다. 시 속에 나오는 늪지가 지금의 호수공원이다. 부들이 피고 잡초 무성하던 질척한 늪지를 이렇듯 사계절 아름다운 꽃이 피고 건강한 생태계가 조성된 호수공원으로 만들어 준 부천시에 고마운 마음이 든다. 매일 많은 사람이 호수공원 둘레 길을 걸으며 건강과 심신을 가꾸어 가고 있는 모습을 보면 더욱 감사한 마음 크다.

호수공원은 2003년에 조성되었는데 처음에 빈약하던 공원이 20여의 세월을 지나오며 나무숲도 생기고 의미 있는 조형물들이 설치되면서 부천시 끝자락의 명소로 자리매김을 해가고 있다.

물속엔 팔뚝만 한 잉어 떼가 헤엄치며 놀고 나무는 큰 숲을 이루어간다.

봄이면 유채꽃, 벚꽃, 양귀비꽃을 비롯해 야생화가 화려하고 눈부시다. 여름엔 시원한 호수의 분수대가 더위를 식혀주고, 가을엔 억새 숲 동산의 억새가 긴 목으로 들국화를 반기고 있다. 겨울엔 소나무 숲에 내린 흰 눈을 감상하며 가족들의 휴식 공간으로 연인들의 데이트 장소로 사랑받는 호수공원의 사계는 아름답다.

공원 한쪽에 농경지 공원을 조성해 감자, 벼, 콩 등 농작물이 자라는 모습을 볼 수 있어 농촌을 모르는 아이들에게 산교육 장소가 되고, 농기구 전시장을 만들어 디딜방아를 비롯해 농경시대의 농기구들을 전시해 놓았다. 연자방아를 돌리는 어미 소, 두레박, 돌우물, 물레방아 등의 조형물도 볼 수 있어 옛 풍속도를 보는 듯이 정겹다.

역사적인 장소로 미국 캘리포니아주 베이커스필드 시에서 6·25 전쟁에 참전한 '참전용사비'가 서 있다.

> 지구 반 바퀴를 돌아 대한민국의 평화와 자유를 위해 목숨을 아끼지 아니한 아름다운 사람들의 고귀한 뜻을 기리고자 베이커스필드 시의 자매도시 부천에 이 비를 세웁니다.

라는 글귀 아래 참전 용사 140여 명의 이름이 적혀 있다.

공원 가운데 물방울 모형의 높은 조형물은 호수공원의 상징물로 걸작품이다. 특히 호수 주변의 산책로에 설치한 인생을 반추하게 하는 3점의 조각상들 들여다보고 있노라면 입가에 저절로 미소가 감돈다.

담담하게 대화를 나누고 있는 청춘 남녀, 만삭이 된 임산부가 배에 손을 얹고 네댓 살 된 아이를 데리고 앉아있는 모습, 긴 인생을 살아온 노부부가 먼 산을 바라보며 의자에 앉아 담소하는 조각상, 지팡이든 할아버지의 근엄한 표정과 입가에 웃음을 짓고 있는 할머니의 표정이 일품이다.

조각상에서 이야기들이 귓전에 들려오는 듯하다. 그들의 눈빛과 표정에서 살아온 날들의 이야기가 들려오는 것 같아 볼수록 정겹고 마음이 끌린다.

청춘 남녀의 조각상에서는 "선생님 말한 것 한번 생각해 보겠어요."라는 소리가 들리는 것 같다.

만삭이 된 임산부가 배에 손을 얹으며 아이에게 "얘야 네 동생이 뱃속에서 엄마와 너를 부르는 것 같아!"하고 말하는 것 같다.

노부부가 먼 산을 바라보며 의자에 앉아 담소하는 조각상에서는,

"그 당시 당신한테 너무 서운했지만 지나온 날을 되돌아보면 모든 일이 고맙고 감사할 뿐이유……."

라고 말하는 소리가 들려오는 것 같다. 지나친 상상력일까?

반가운 일은 인천시와 부천시가 마음을 합쳐 '우애의 숲'을 조성한 것이다. 산수유를 비롯한 소나무, 벚나무 단풍나무 등 양쪽 시민들에게 기증받아 사연을 담은 팻말을 붙인 나무들이 무럭무럭 자라고 있다.

그런데 이 호수공원에 또 하나의 큰 변화가 생겼다. 3년의 공사 과정을 거쳐 2022년, 올해 봄에 커다란 식물원이 생긴 것이다. 자연적인 공원에 왜 인공 식물원을 만드느냐고 민원 제기한 사람들도 있고 항의도 받았다고 한다.

그런데 식물원이 완공되어 이 지방에서 볼 수 없는 여러 가지 식물을 볼 수 있게 되어 주말 체험 농장과 함께 교육의 장소로 활용되고 있다고 한다.

2㎞ 가까이 되는 호수공원 주변의 둘레길은 새벽부터 밤까지 많은 사람에게 체력을 단련시켜준다. 호수공원이 좋은 이유는 도심 아파트 가까이 위치하여 주민들이 이용하기 좋고, 경기도 부천과 인천 부평구를 이어주는 가교 역할을 하기 때문이다.

남녀노소가 찾는 호수공원은 주말이면 가족 단위의 많은 인파로 북적거린다. 휴일이 지난 다음 날은 호수공원이 몸살을 앓고 있는 것 같아 조금 안쓰럽다. 잘 사용하고 관리하여 찾아오는 사람들이 오래도록 아름다운 호수공원의 사계를 볼 수 있었으면 좋겠다.

시민의 강

호수공원을 한 바퀴 돌아 '시민의 강' 산책길로 발길을 돌린다. '시민의 강'은 부천시 상동 행복한마을 아파트 옆을 흐르는 인공 강이다.

지난겨울 가뭄이 심했는데도 넓지 않은 강엔 물이 많고 유속도 제법 세다. 나뭇가지에 파란 이파리가 돋아나고 길섶엔 작은 풀꽃이 피어 해맑게 웃는다. 강물 속에 커다란 잉어와 물고기들이 숨바꼭질하듯 헤엄치고 바람결에서 풀 향기가 풍겨온다.

2000년대 초반 어느 날, 부천시 상동 도심 속에 강을 만든다는 소식을 들으며 반신반의했었다. '도심 한가운데 강물이 흐를 수 있을까? 설사 물이 흐른다 해도 생활하수와 섞일 터인데 오래도록 강물이 오염되지 않고 맑게 흐를 수 있을까?'

그러나 그것은 기우였고 인공 강물은 20년이 넘도록 변함없이 맑고 깨끗한 강물로 굴포천까지 흘러가고 있다. 강 중간쯤 부천시에서 세운 설명 푯말의 글이 보인다.

시민의 강은 길이가 5.5㎞, 폭이 3~5m의 인공하천으로 전국 최초이자 최대 규모이며 전국 최초로 하수처리장 방류수를 재활용한 물이 흐르는 환경친화적인 하천이다. 대장동 하수처리장 방류수를 원천공원까지 끌어와 도심의 시민의 강을 따라 굴포천으로 흐른다. 2002년 5월부터 2003년 9월까지 사업비 약 120억 원을 들여 조성되었다. 꿈속의 강, 빛의 강, 가족의 강 등 특색 있는 테마로 조성되어 시민들의 볼거리와 휴식공간의 역할을 하고 있다.

아름답고 소중한 부천시의 자랑이 되는 공간이다. 이 같은 일을 추진하신 분들의 혜안이 놀랍고 고마움이 크다. 생활하수를 재활용한 인공하천 시민의 강은 국토해양부 심사에서 〈한국의 아름다운 하천 100선〉에 선정되었다는 알림 비석이 강 상류 공원에 세워져 있다.

나는 상동 부근에서 20여 년을 살았다. 20년 전의 상동은 부천의 변방지대로 지금처럼 인천으로 가는 큰길이 뚫리지 않아 부천과 인천을 오고 갈 때는 작은 오솔길로 다녔다.

상동과의 또 하나의 좋은 인연은 2004년부터 상일초등학교에서 5년을 근무했었다. 방과 후 문예반을 만들어 아이들과 '시민의 강' 옆 벤치에서 글도 쓰고 그림도 그리며 도심 속의 강을 글로 표현하였다. '행복한 마을'이 학구인 상일초등학교에서 가르친 제자들이 이제는 30대의 사회인이 되었지만, 어디에서 어떤 일을 하든지 '내 어릴 때 살던 아파트에는 도심을 흐르는 아름다운 시민의 강이 있었지……'라는 좋은 추억을 간직하며 행복한 삶을 살아가길 바랄 뿐이다.

우리 세대는 '나의 살던 고향은 꽃 피는 산골'로 시작되는 동요를 부르며 자랐다. 그 동요가 어른이 되어 고향을 떠난 사람들에게 오래도록 고향을 그리워하는 마음을 갖게 하였듯이 '시민의 강'도 그 같은 추억을 간직한 사람들이 찾아오는 명소가 되길 바란다.

아기 울음소리가 들리지 않는 마을

우리 마을에도 아기 울음소리가 끊어진 지 오래다.

초등학교 다니는 아이도 없고 몇 년 전에 귀촌한 가정의 김씨네 딸들이 중고등학생이라 마을에서 유일하게 학생이 있는 가정이다.

정부에서는 2029년부터 인구가 감소한다고 예상했는데 놀랍게도 10년을 앞당겨 인구가 감소하고 있다고 한다. 이런 추세로 나가면 15년 후에는 일하는 젊은이 한 사람이 어른들 60명을 부양해야 하고 35년 후에는 120명을 부양해야 한다는 통계가 나온다.

왜 이런 현상이 일어나는 나라가 되었을까? 젊은 남녀가 만나 사랑하여 결혼하고 아이를 낳아 키우는 일들이 요즘 젊은이들에게는 그토록 힘든 일일까?

웃을 수만 없는 '3포', '5포'라는 말들을 최근에 듣고 있다.

'3포'는 연애, 결혼, 출산을 포기하는 것이고, '5포'는 연애, 결혼, 출산, 내 집 마련, 인간관계까지 포기하는 것이라고 한다. 미래에 대한 자신의 꿈이나 가족과 사회에 대한 책임감까지 모두 포기하고 혼자 편하게 살아간다는 것이다.

가슴이 답답하다. 요즘 청소년들의 장래 직업 희망 일 순위가 '방송 크리에이터'라고 한다. 1인 방송을 만들어 유튜브에 올리고 그 흥행에 따라 이익을 얻는다. 방송을 청취하는 사람들은 대부분 매사를 혼자 즐기고 싶어 하는 사람들이다.

사회생활을 하며 다양한 인간관계를 접하고 살아가기보다는 닫힌 공간에서 혼자 만족하는 삶을 선호하는 풍조가 확산하고 있음을 짐작할 수 있다.

문득 오래전 썼던 「산아정책」이라는 시가 생각난다.

　"잘 키운 딸 하나 열 아들 안 부럽다"는 표어가

　자랑스레 걸려 있던 시절

　나는 세 아이를 낳아 키웠다

　야만인이라는 농담을 들으며

　아이들을 데리고 외출할 때마다

　어깨를 움츠렸다

　시내버스를 탈 때 큰아이는 앞으로 태우고

　두 아이는 뒷문으로 데리고 가

눈치를 보며 차를 타기도 했다

셋째는 세금 혜택도 못 받았고
육아휴직 제도가 없어서
좋아하던 공직에 사표를 냈다

사십여 년이 지난 지금
인구절벽이 찾아온다고
걱정하는 목소리 여기저기서 들려오는데
출산 장려 정책은 아직도
그 예전 플래카드처럼
공허하게 허공에서 펄럭거린다

-「산아정책」 전문

이 시를 읽으면 세 아이를 낳아 키우던 70년대가 생각난다. 힘들었지만 아이들을 키우며 행복하던 시절이었다.

옛 어른들은 "아이들은 다 제 밥그릇을 가지고 태어난다."라고 말씀하셨는데 그 말이 요즘엔 통하지 않는다고 한다.

내 경우 바쁘게 사느라 아이들 뒷바라지를 잘하지 못했는데 모두 자신의 길을 개척하고 직업을 통해 사회에 기여도 하며 열심히 살아가고 있다.

세대와 가치관이 달라진 요즘은 현실을 직시할 필요가 있다. 젊은이들에게 학교를 졸업하고 취업한 후 가정을 꾸리며 자녀를 낳아 키울 수 있는 환경을 만들어 주어야 한다.

혹자는 그 해결 방법 몇 가지를 이렇게 제시한다.

"급여 수준을 대기업과 중소기업이 크게 차이 나지 않게 해 주고, 주택 가격을 인하해 안정된 주택 마련의 꿈이 실현되게 해 주어야 합니다. 육아 시스템을 지원해 주어 아기를 낳아 키우는 일이 힘들지 않고 기쁨이 되도록 해 주어야 합니다. 여성들이 아이를 낳으면 자신이 기쁘게 근무하던 직장이나 일을 접어야 한다는 걱정을 덜고 일과 육아를 병행할 수 있는 혜택을 마련해 주어야 합니다."

이 주장이 현실적으로 해결하기 합당한 것도 있고 어려운 점도 있겠지만 행정 관계자와 국민 모두 지혜를 모아 나라의 인구절벽이 도래하는 일을 막아야 한다. 마을마다 천진한 아기의 울음소리, 웃음소리가 들려오는 마을이 되었으면.

그 일이야말로 나라의 근간을 세우는 일이기 때문이다.

나에게는 꿈이 있습니다

오바마 미국 대통령이 2017년 1월 20일 재임 기간까지 8년의 임기를 마치고 은퇴하였다. 미국 역사상 최초의 흑인 대통령이었고 인기가 많았던 훌륭한 대통령이라고 한다. 임기 중 인기도는 최고 67%이었고 임기 말년에도 55%의 지지도를 유지했다니 그의 정치가 어떠했는지 짐작이 간다,

그는 47살이던 2009년 대통령에 당선되어 "우리는 할 수 있다"라는 슬로건을 내세우며 많은 일을 하였다. 취임 당시 실업률 10%에서 4.8%로 안정을 찾게 하였고 임기 중 1,540만여 개의 일자리를 창출하여 국민에게 희망을 주고 경제를 발전시켰다.

당시 미국은 9·11테러의 후유증과 아프간 전쟁, 금융위기 등 여건이 좋지 않았는데도 멋진 리더십을 발휘하여 경제를 되살렸으며, 외교적으로도 이란과의 핵전쟁을 차단하고 쿠바와의 국교를 수교했으니 뉴욕타임스는 이 두 가지를 대표적인 외교 치적으로 꼽았다.

그러나 무엇보다도 국민에게 감동을 준 것은 그의 인간미라고

한다. 유머와 위트가 풍부한 달변가로 언제나 연설장에서 꿈과 희망과 긍정을 이야기했다.

곱슬머리를 한번 만져보고 싶다는 어린이에게 선뜻 90도로 머리를 숙여 만져보게 한 오바마 대통령, 백악관에서 청소부와 장난스럽게 주먹을 맞대며 친근한 모습의 보도를 접하며 국민은 체면과 과시를 벗은 서민적인 대통령 모습에 감동하고 마음을 열었을 것이다.

농구장에서 평범한 가장처럼 키스 타임을 갖고, 총기 난사 희생자 추모식에서 '어메이징 그레이스'를 불러 성직자들도 기립하여 함께 부르며 국민에게 감동을 준 대통령, 그가 이렇게 멋진 대통령을 할 수 있었던 것은 그의 인격과 재능과 뛰어난 리더십도 있었지만 많은 사람의 눈물 어린 기도와 성원이 있었기 때문이리라.

1963년 흑인 인권지도자 '마틴 루터킹' 목사는 링컨 기념관 앞에서 연설은 하여 흑인들에게 꿈을 갖게 해 주었다.

나에게는 꿈이 있습니다. 조지아주의 붉은 언덕에서 노예들의 후손들과 노예 주인의 후손들이 형제처럼 손을 맞잡고 나란히 앉게 되는 꿈입니다.

나에게는 꿈이 있습니다. 내 아이들이 피부색을 기준으로 사람을 평가하지 않고 인격을 기준으로 사람을 평가하는 나라에서 살게 되는 꿈입니다. 나에게는 꿈이 있습니다. 흑인 어린이들이 백인 어린이들과 형제자매처럼 손을 마주 잡을 수 있는 날이 올 것이라는 꿈입니다.

지금 나에게는 꿈이 있습니다. 골짜기마다 돋우어지고 산마다, 작은 산마다 낮아지며 고르지 않는 곳이 평탄하게 되며 주님의 영광이 나타나고 모든 육체가 그것을 함께 보게 될 날이 있을 것이라는 꿈입니다.

그 절규에 가까운 연설과 기도가 싹이 나서 유색인종 차별이 심한 나라에 오바마 대통령 같은 훌륭한 지도자를 배출시키게 되었다는 생각이 든다.

거대한 미국의 대통령이었지만 한 가정의 가장으로 아버지와 남편으로 보여 준 세심함에도 많은 일화가 있다.

고별 연설을 하며 부인의 자리를 잘 지켜 준 아내에게 고맙다고 말하며 눈물을 닦는 모습에서 평범한 남편의 모습을 읽을 수 있었다. 은퇴 후에도 그는 극진주의자들의 편협함과 파벌주의자들과의 싸움을 계속할 것이라고 한다.

지도자다운 지도자가 절실히 요망되는 현실에서 미국 최초의 흑인 대통령 버락 오바마의 훌륭한 퇴임을 보며 많은 생각을 하게 된다.

국민이 가진 꿈을 잘 가꾸어 줄 수 있는 지도자들이 배출되길 기원한다.

오봉산 자락의 꿈

오래전 '부천초등교사문학회' 회원들과 여름방학에 원주 토지문화관에 갔었다. 토지문화관을 돌아보고, 치악의 맑은 계곡물에 도심에서 찌들었던 심신을 깨끗이 씻고 오자는 실속 있는 문학기행이었다.

오랜만에 만나서인지 모처럼 만난 얼굴들은 환하고 밝았다. 청량리역에 모여 열차를 타고 원주로 향했다. 기차가 미끄러지듯 역사를 빠져나가자 차창 밖으로 펼쳐지는 짙푸른 녹음에 즐거운 표정이었고 답답하던 가슴이 후련해졌다.

시원하게 너른 잎새를 죽죽 벋고 서 있는 활엽수, 갓 피기 시작한 벼 이삭, 산허리를 휘감으며 피어오르는 구름, 오손도손 지붕을 마주하고 있는 농가, 철길 주변에 피어있는 풀꽃들……. 모든 게 정겨웠다.

한 시간 반 정도 걸려 원주역에 도착하여 택시를 타고 토지문화관으로 향하였다.

박경리 작가가 오래전부터 원주 단구동에서 창작 활동을 해오고 있었는데 도시계획에 의해 단구동 집이 헐리게 되었다고 한다. 도시개발이 되어 대 작가의 창작 터전이 송두리째 없어지는 안타까운 일이 벌어지고 만 것이다.

후에 토지공사에서 이 사실을 알고 토지문화관의 건립에 도움을 주겠다는 제의가 들어와 박경리 선생님의 단구동 집 보상비와 합쳐서 건립하게 되었다고 한다.

토지문화관에 도착했다. 3층으로 된 커다란 건물이었다.

관광 장소가 아니기에 학술이나 예술행사로 예약한 단체나 개인 이외에는 들어갈 수가 없다는 안내원의 말에 난감하였다. 멀리 부천에서 교사 문인들이 어렵게 시간을 내어 문학기행 차 왔으니 잠시만 내부 구조를 볼 수 있게 해달라고 정중하게 사정을 말하자 우리의 진심이 전달되었던지 내부를 볼 수 있게 해주었다.

1층엔 사무실과 대형 회의장이 있었다. 동시통역 청취도 가능하다는 웅장하고 멋진 회의장이었다. 2층에 있는 커다란 응접실에 들어가 보니 탄성이 저절로 나왔다. 앞이 터져 있는 커다란 응접실이 있었다.

앞산 오봉산이 산수화처럼 수려한 모습으로 눈에 들어왔고 짙푸른 신록의 빛깔과 향기가 가슴속의 묵은 찌꺼기까지 청량하게 씻어주는 것 같았다. 아담한 도서관, 창작이나 예술 활동을 마치고 저렴한 가격으로 쉬어가는 침실도 있었다.

  무엇보다도 내 마음을 사로잡은 것은 3층에 있는 창작실이었다. 책상 하나만 있는 작은방이었지만 아늑하였고 창문을 열면 오봉산의 풀 냄새가 방 안 가득 밀려왔다. 작가들이 그곳에서 아무에게도 구속받지 않고 구상했던 작품을 밤을 밝히며 쓸 수 있는 장소라 생각하니 가슴이 설렜다.
  평생 힘겹게 일구어 온 거대한 창작의 텃밭을 후배 문인이나 예술가들을 위해 기꺼이 내어주신 박경리 선생님은 이 오봉산 자락에서 어떤 꿈이 잉태되기를 바라셨을까?
  뒤꼍 선생님의 거처를 바라보니 채소밭에서 채소를 들여다보시는 선생님의 모습이 멀리서 눈에 들어온다. 칠순이 넘으셨는데도 곱고 단아한 모습이다.

  문화관을 걸어 나오는 작은길에서 작고 아름다운 풀꽃을 만날 수 있었다. 귀여운 혀를 날름 내밀고 웃고 있는 보랏빛 달개비, 꽃잎을 접고 앉아 밤이 되길 기다리는 노란 달맞이꽃, 붉은 구슬을 송알송알 달고 있는 산딸기. 공해 없는 지역에서 일조량을 충분히 받고 피어서인지 그 색깔이 도시 주변에서 보는 것보다 선명하고 아름다웠다.

197

오후에 치악산 구룡사 계곡에 들러 시리도록 맑고 깨끗한 물에 손발을 담갔다. 요란스레 울어대는 매미의 울음소리와 계곡의 물소리가 묘한 화음을 이루고 있다.

집으로 돌아오는 길, 노을빛 때문이었을까 피곤한 기색도 없이 모두의 얼굴에 홍조가 감돌고 있었다.

알 수 없는 꿈의 빛깔이 노을과 어울려 눈 속에서 일렁이고 있었다.

닫힌 교실

　오랜만에 십여 년 전 근무하던 학교에 가보았다. 휴일이라 학교 운동장은 고즈넉했다. 바람이 나무를 흔들자 이파리가 반가운 듯 나풀거리고 키 큰 느티나무가 푸른 잎새로 반겨준다.

　학교 교단은 요즘 닫혀 있다고 한다.

　수업 시간에 딴청을 하여 엄하게 타이르는 교사를 경찰에 고발하는 학생과, 수업하는 교사를 폭행하는 몰지각한 학부모가 있는 황폐해진 교단을 지킬 수 없다고 떠나는 교사들도 있다고 한다. 이런 교육 현장에서는 교육에 대한 자신의 꿈을 펼칠 수 없다는 교사로서의 자괴감 때문이리라.

　얼마 전 가깝게 지내던 P교사와 만나서 식사를 했다. 중견 교사인 그녀에게 요즘 학교 근황을 물었더니 교단을 떠나는 동료 교사들을 보며 수목원에서 함께 있던 나무들이 없어진 것 같이 허전한 느낌이 든다고 했다.

　요즘 아이들은 나만 편하고 보자는 식이며 진득함이 없고 눈치만 빠르다고 한다. 복도에 떨어져 있는 휴지를 주우라고 하면 마지못해 줍는 척하다가 남이 안 보면 다시 버리는 아이들도 있다고 한다.

문득 아주 오래전 초등학교 다닐 때가 생각났다.

등하굣길에 건너야 하는 얕은 냇물이 있는데 어느 여름날 학교가 끝나고 아이들은 재미 삼아 냇가를 거슬러서 집으로 가자고 하였다. 한 아이가 먼저 가면 다른 아이들도 따라 하기 마련이다. 냇가를 거슬러 가던 한 아이가 고무신을 물에 놓쳐 떠내려 보내고 말았다.

고무신을 찾으러 강 하구까지 갔으나 고무신을 못 찾았다. 집에 가면 야단 들을까 봐 겁이 났고 엄마가 다시 사주지 않을 것 같아 속상해서 저녁까지 강둑에 앉아 엉엉 울고 있었다. 마침 그곳을 지나가던 마을 할머니가 아이를 집에 데려온 일이 있었다.

그 시대에는 물건이 귀한 시절이긴 했지만, 자신의 물건은 스스로 잘 챙겨야 한다는 엄격한 교육을 받고 자랐다. 물건을 학교에 두고 오면 먼 길을 걸어서 다시 가서 찾아왔었다.

요즘 아이들을 물건을 잃어버려도 찾아가지 않고 비가 오다가 개인 날이면 주인 잃은 우산이나 학용품들이 여기저기 나동그라져 있다고 한다.

학교는 예전에 비해 시설도 좋고 많은 교구도 준비해 주고 있으나 교실은 닫힌 느낌이라고 한다. 학생을 가르치는 교사가 교직에 자긍심을 느끼는 신바람 나는 교육풍토가 조성되어야 좋은 교육이 이루어진다.

오늘은 학교에 가면 어떤 아이가 학습이나 친구들과 잘 적응하지 못할까? 그 아이의 부모는 어떤 반응으로 담임을 대할까? 걱정하며 출근하는 날이 많다고 한다.

최근엔 학생, 교사, 학부모 모두가 가장 예민한 부분이 학교 폭력이다.

예전에는 아이들이 싸우다가도 교사가 중재하고 시간이 지나면 미안하다고 사과하며 서로 갈등을 조절하고 문제를 해결하는 방법을 배웠다. 그런데 요즘엔 아이들은 싸우면 주저 없이 반 친구를 학폭에 고발하겠다고 한다니 보통 어려운 일이 아니다.

더구나 코로나19로 항상 마스크를 쓰고 있어 표정 언어가 단절되고 가림막으로 모둠 활동도 할 수 없다. 서로 몸을 맞대고 표정을 보며 상대방과 소통하고 이해하기보다는 혼자만의 단절된 공간에서 지내는 상황이 많으니 정말 닫힌 교실이다

이 닫힌 교실의 문을 어떻게 하면 활짝 열 수 있을까?

교단이 사랑의 가르침으로 즐거운 배움터가 되고, 학생들의 잠재 된 재능을 이끌어주어, 그 재능을 맘껏 키워가는 푸르름 가득한 교육 현장이 되었으면.

서로를 향한 마음의 창이 활짝 열리게 되길 바랄 뿐이다.

문화유산과 한류

하늘이 성큼 높아졌다. 그렇게도 기승을 부리던 늦더위가 물러가고 선선한 바람이 옷깃을 여미게 한다. 노란 햇살에 오곡이 영글고, 황금 들녘이 풍요로움으로 가득하다.

"세계 어느 나라에 가도 우리나라만큼 살기 좋은 나라가 없더라."라고 말하던 외국에서 오래 살다 온 친구의 말을 들은 적이 있다. 처음엔 반신반의했지만, 언제부터인가 강산도 아름답고 맑은 공기와 물, 사계절 먹거리가 풍성한 우리나라에 살고 있음에 감사하는 마음이 크다.

특히 우리 민족은 오래전부터 노래와 춤을 좋아하는 신명이 있는 국민성을 가진 민족이다. 어려운 일이 있을 때마다 화합하여 국난을 물리치는 협동심이 돋보이고 훌륭한 문화를 지니고 있다.

문화를 인간의 정신활동의 산물로 보느냐, 정신 소산의 일반으로 폭넓게 이해하느냐에 따라 문화의 개념과 정의는 달라진다. 한국의 경우 문화재보호법에 따라 문화재를 유형문화재, 무형문화재, 기념물, 민속자료 등으로 분류하여 정의하고 있다. 세계에 자랑거리가 되는 한글, 신라의 석굴암, 다보탑, 팔만대장경, 경복

궁 등의 귀중한 유형문화재와 전통을 이어 가야 할 훌륭한 무형 문화유산도 많다.

귀중한 문화재가 외적의 침입으로 빼앗기고 전쟁 중 화재로 손실 당한 아픔도 있지만, 값진 문화를 창출하는 창의성과 내적인 저력은 지금까지 면면히 이어지고 있다.

그 한 예가 최근에 일어나고 있는 한류 열풍이다. 드라마, 스포츠에 이어 '아이돌 그룹'의 아름다운 외모와 춤, 음악성이 세계의 젊은이들을 열광시키고 있다. 동남아, 미국, 유럽에 이어, 러시아, 중남미, 라틴 댄스의 본고장인 아르헨티나까지도 k-pop 경연대회를 하며 한류에 관심을 보인다고 하니, 참 대단하다.

k-pop은 한류라는 바람을 일으키며 세계를 한 바퀴 돌고 있다. 세계의 젊은이들이 k-pop을 배우려고 앞다투어 한국어를 배우고, 대학마다 한국어 학과가 인기가 높다고 하니 문화외교의 힘이 얼마나 큰지 실감하게 된다.

최근에 중동에서 k-pop의 열기가 뜨거워진다고 한다. 아랍에미리트(UAE) 수도 아부다비에서 공연이 있었는데 수많은 관중이 몰리고 머리에 쓴 히잡을 여인들이 던지며 새로운 음악에 열광하는 모습을 보고 참 대단하다는 생각이 든다.

한류의 열풍은 대견한 우리 젊은이들의 재능과 노력의 결과이

기도 하지만, 오래전부터 국외 근로자들의 성실하게 흘린 땀으로 대한민국이란 나라의 이미지와 신뢰성이 큰 몫을 하였다고 생각한다. 성실하고 부지런한 우리 국민이 이루어낸 값진 결실이다.

최근 지방마다 지역 문화를 발굴하여 지역의 맥을 잇고 문화적 자긍심을 고취하는 지역문화제가 개최되고 있다. 각 지방의 특색이 담긴 문화를 발굴하여 장려하는 일은 문화유산 보전 차원에서 의미가 크다.

고성군도 매년 9월 22일경 '수성문화제'가 막을 올린다. '수성'은 옛 이름으로 수성문화제는 고성문화의 맥을 이어가는 자부심이다.

여름내 긴 장마 속에서 피해를 본 농가, 지역 경제가 어려워 소득이 적은 상인들, 고기가 안 잡혀 생기 없는 어민들, 행정에 힘쓴 공무원들, 군민들이 모든 것을 잠시 잊고 문화제가 열리는 마당으로 나와 한마음이 되는 날이다. 읍면 간의 체육대회로 사기를 높이고 각 마을이나 단체 전문예술인들이나 생활 예술인들의 작품을 관람하며 잠시 일상을 접고 만남의 장에서 여유를 가지는 날이다.

이런 일들은 우리가 가꾸어 후대에 남겨야 할 문화유산이 되고, 그 힘들이 모아져 새로운 문화도시의 비전을 꿈꿀 수 있다.

올해도 9월 22일부터 24일까지 고성 공설운동장 일원에서 '수성문화제'가 열린다. 우리 마을도 전시회 부스에서 마을 주민들의 작품을 모아 제6회 초예전(초계리예술전시회)을 전시한다. 젊은이들의 작품도 있고 80이 넘은 노인들의 물감 놀이 작품도 있다.

올해 수성문화제도 고성군민들의 마음에 푸른 희망의 물줄기를 안겨 주는 행사가 되길 바라며, 축하의 마음을 담아 썼던 시 한 편 소개한다.

해마다 이맘때쯤

가을바람이 향로봉에서

들녘을 물들이며 찾아올 때

동해의 푸른 물줄기 가슴에 안고

수성문화제가 닻을 올리네

남녀노소 얼굴에 서려 있는

피곤한 삶의 그림자 지우고

얼굴 가득 햇살 받아 안는 날

거리마다 힘찬 맥박 소리 들려오네

가뭄으로, 태풍으로,

얼룩졌던 가슴 활짝 열고

화합의 북을 울려라

번영의 나팔을 불어라

수성문화제 열리는 거리 한편에서
그동안 만나지 못했던
그리운 이들과 마주 앉아
따뜻한 차라도 함께 마시며

이 땅을 푸르게 가꾸어 갈
정겨운 이야기라도 나누세
형제여, 누이여!

-「수성문화제」 전문

그리움을 피워 올리는 꽃

꽃봉오리만 가득 맺혔던 뒤란의 산수유나무가 오늘 아침 노란 꽃을 피웠다. 가지마다 환한 웃음 짓는 작은 호롱불이 조롱조롱 달려 있다.

저런 웃음을 겨우내 몸속에 감추고 지냈으니 나무들은 얼마나 힘들었을까?

가까이 다가서니 화끈거리는 열감이 느껴진다.

꽃샘추위를 참고 봄을 먼저 알리려 선착순으로 달려온 꽃들이 고마운 아침이다.

지금은 산수유나무가 흔히 볼 수 있는 꽃나무가 되었지만 내 어릴 적 영동 지방엔 산수유꽃을 보기가 그리 쉽지 않았다. 봄이면 제일 먼저 피는 꽃은 야산에 피는 산수유와 비슷한 생강나무 꽃이었다.

어머니는 생강나무를 동백나무라 하셨다. 아버지와 외갓집으로 외할아버지 제사를 지내러 가는 날은 동백나무 기름을 머리에 바르고 참빗으로 곱게 빗어 머리를 단장하고 가셨다.

남쪽에 피는 빨간 꽃이 동백꽃이고 내가 알던 동백나무는 생강나무라는 것을 알게 된 것은 고등학교를 졸업한 후였다.

세월이 흐르고 남쪽 마을에 많이 핀다는 산수유나무를 우리 지방에도 심었고 이른 봄이면 공원에서 무리 지어 피어있는 산수유꽃을 만나게 되었다. 멀리서 보면 노란 파스텔톤의 아련한 안개 같은 꽃이 예뻐 나도 묘목상에서 산수유나무를 사다가 집 주변에 심었다.

생강나무꽃과 산수유꽃은 이른 봄꽃이고 모양도 비슷하다. 생강나무는 가지에 바짝 달라붙어 피고, 산수유는 1㎝ 정도 꽃자루 위에서 핀다.

전설에 의하면 산수유나무는 중국 당나라 시대에 산동성에 살던 처녀가 신라에 시집을 오면서 가져와 심은 것이라고 한다. 고향과 친정집이 생각날 때마다 산수유꽃을 바라보며 향수를 달래었을 아낙의 모습이 그려진다. 이른 봄이면 수많은 별이 되고, 노랑나비가 되어 이국으로 시집온 여인의 쓸쓸한 마음을 달래주었을 것이다.

지금 구례 지방은 봄이면 산수유꽃이 지천으로 피어 전국 상춘객들의 마음을 설레게 한다. 봄에는 꽃으로, 가을에는 열매로 소득을 얻고 겨울에는 나뭇가지를 월동용 땔감으로 사용한다고 하니 정말 버릴 게 없는 고마운 나무다.

산수유꽃은 아픔을 환한 그리움으로 피워 올리는 꽃이다.

겨울날 모진 추위 속에서 의연하게 서 있다가 환한 꽃망울을 터뜨려 봄이 온 것을 알려주는 이른 봄 손님이다.

겨울의 끝자락, 아련하게 다가오는 산수유꽃의 환한 기운이 어둠을 밝히는 꽃등이 되길 바라며 내가 쓴 시 한 편 읊어 본다.

세찬 바람 맞으며

꽃눈 틔운다

온몸에 열꽃이 가득하다

꽃샘추위 속에서

먼저 달려와

봄을 알리고 싶어

말없이 고통을 참는

나무들의 신열

가쁜 숨소리

노랗게 천지를 열고 있다

─「산수유」 전문

감동의 물결 『어머니의 아리랑』

장정희(수필가)

1. 글을 시작하며

　황연옥 작가님이 퇴임하고 고향인 고성에 내려오셔서 우연한 기회에 알게 되었습니다. 환하게 웃으시는 모습에서 어린 시절 농촌에서 자연과 함께 살아온 순수함이 느껴졌습니다.

　선생님은 나에게 글을 써 보라고 권유하셨는데 나는 문학적으로 문외한이라고 말했던 기억이 납니다. 편지와 일기를 쓰는 정도이고 문학창작 공부를 해 본 적이 없다고 말했습니다. 일기를 쓰는 분이라면 글을 쓸 수 있다며 수필을 써 보라고 하셨습니다. 그리고 선생님이 가르치시는 문예창작반에 들어오라고 하셨습니다.

무에서 유를 창조하는 기분이었지만 문우들과 새로운 공부를 하며 마음 한구석에 알 수 없는 기쁨이 밀려왔습니다.

선생님은 문학적인 더듬이를 키워주시고 늘 용기를 주셨습니다. 부족한 글인데도 항상 격려해 주시고 소소한 일로 대화를 하게 되면 그것도 글감이니 글을 써 보라고 권하며 다독여 주었습니다. 그 감성적인 섬세한 가르침으로 나는 '수필문학'으로 등단하였고 부족하나마 『새벽의 숨결』이라는 수필집도 발간하였습니다.

『어머니의 아리랑』을 읽고 코끝이 찡 해오며 가슴 뭉클한 감동으로 눈물이 났습니다, 어렵게 살던 시절, 교육열이 높은 훌륭한 부모님이 계셨기에 오늘의 선생님이 있다는 생각이 듭니다. 그 사랑의 힘이 이어져 고향 마을 공동체를 섬기고 후배 문인을 키우는 꽃밭을 정성껏 가꾸고 살아가는 모습이 아름답습니다.

그 문학의 꽃밭에 꽃이 피고 열매가 맺혀 선생님께 공부한 문우들이 등단하여 책도 발간하고 행복하게 자신의 문학세계를 구축해 가고 있으니 결실 있는 노래가 주변에 울려 퍼지고 있다는 생각이 듭니다.

2. 작품의 구조

작품의 1부는 '고성아리랑'을 불러 남긴 어머니, 자녀를 넷이나 잃은 아픔을 딛고 옹기 행상을 하며 가난을 극복하고 자녀를 잘 키우신 어머니 생애에 대한 감사와 사모곡입니다.

2부는 청소년기의 추억, 시어머니, 오빠, 친구, 지인들에 대한 사랑과 그리움을 노래한 글입니다.

3부는 사물이나 자연, 단어가 지닌 의미나 사유, 그 안에 내재된 작가의 직관이나 통찰을 다룬 글입니다.

4부는 귀향 이야기, 고성 사랑과 자긍심과 고향 마을을 애정을 가지고 가꾸어 가는 꿈을 노래한 글입니다.

5부는 오래된 지인이나 친구, 이웃, 자연 속에서 살아가는 사람들의 이야기를 정감있게 표현하여 나도 그 안에 들었으면 하는 마음을 갖게 해주는 글입니다.

3. 작품 속에 나타난 세계관

가. 효심으로 부른 사모곡

작가는 부모님을 사모하는 마음이 각별합니다. 특히 '들깨꽃 핀 언덕', '어머니의 아리랑', '어머니, 나의 어머니' 글은 어머니에 대한 효심이 가득한 감동적인 글입니다. 곤고했던 어머니의 삶을 마음 아파하면서도 은혜를 감사하고 타일러 주시는 지혜의 말씀을 어록처럼 마음에 새기며 삶의 지표로 삼고 있습니다.

어머니 가슴에는 넓고 푸른 바다가 있었다.

많은 것을 포용하고 받았다가 아낌없이 주는 바다처럼 아침과 저녁, 자식들을 위해 기도하며 푸른 앞길을 열어주신 어머니! 나도 어머니처럼 내 아이들에게 그런 어머니가 될 수 있을지?……

―「어머니의 바다」 중에서

아이에게 젖을 먹이려면 지나가는 사람을 만나야 머리에 인 옹기 짐을 내려놓을 수 있는데 사람을 못 만나면 칭얼거리는 아기를 달래야 했고, 때론 옹기를 다 팔 때까지 끼니를 굶는 일이 많았다고 한다.

―「어머니의 바다」 중에서

내가 화가라면 그리고 싶은 그림 몇 컷이 있다. 옹기 행상하는 어머니의 모습이다. 한 손으로 머리에 인 옹기를 잡고 한 손으로는 등에서 칭얼거리는 아이를 다독다독 달래는 아낙네……, 비 오는 밤 아이를 앞으로 안아 젖을 물리고 한 손으로는 보따리를 들고 바쁜 걸음으로 산길을 뛰어가는 아낙네……, 마을이 보이는 산등성이에 이르러 멀리 집 호롱불을 보고 집에 도착했다는 안도의 숨을 쉬며 하늘의 별을 바라보는 아낙네…….

—「들깨꽃 핀 언덕」 중에서

　　어머니는 소리를 내 구구단으로 물건값을 계산하여 상인에게 따졌다.

　　그는 눈이 휘둥그레지며 아주머니가 어떻게 구구단으로 물건값을 계산할 줄 아느냐며 자기가 주판알을 잘못 튕겼다며 남은 돈을 마저 주었다고 한다.

　　곡식을 이고 온 머리가 헝클어진 초라한 농촌 아낙이 구구단을 들이대며 계산이 잘못되었다고 따졌을 때 놀랐을 상인의 모습이 상상된다.

—「어머니와 구구단」 중에서

　　"내가 이 말을 했을 때 상대방이 어떻게 생각할지 생각해 보고 말하거라."

　　"열 길 물속은 알아도, 한 길 사람 마음속은 알 수 없단다."

　　"집은 사람을 담는 그릇이란다. 그릇이 정갈해야 음식이 맛있어 보이듯 집이 깨끗해야 그 안에 사는 사람들이 품위가 있어 보인단다."

"나는 성을 쌓고 남은 돌인데 가꾸어 뭘 하니. 인생의 성을 쌓고 있는 너희들이나 잘 단장하거라."

─「어머니, 나의 어머니」 중에서

나. 고성 사랑, 귀향의 노래

고향에 내려와 지역 문화 예술 발전을 위해 노력하고 문학 인구 저변화에 이바지한 흔적들이 여기저기에서 아름답게 보입니다. 마을의 구석진 곳을 가꾸고 주민들과 어울려 농촌 마을 친환경 농산물 생산활동을 위해 애쓰고 있습니다. 마을 문화 예술 활동으로 매년 초예전(초계리주민들예술전시회)을 전시하며 마을 공동체를 문화적으로 승화시키고 마을 분들과 노후의 삶을 멋지게 가꾸어 가십니다.

해마다 마을 길에 꽃을 심으며 꽃길이 늘어날 때마다 마음이 환해지고 기쁨도 그만큼 커진다. 훗날 이 길을 걷는 사람들이 소담한 꽃을 보고 그들 가슴 속에도 환한 꽃등이 켜지게 되리라. ─「동구 밖 오솔길로 오는 봄」 중에서

이 같은 활동은 단순히 예술 활동을 하는 데 목적이 있는 게 아니라 서로 소통하며 사소한 일로 쌓았던 마음의 담장을 헐어가려는

데 있다. "반딧불이가 아름다운 행복한 초계리 문화마을!" 반딧불이는 캄캄한 밤에 꽁무니에 불을 밝히며 날아가는 희망이고, 청정지역의 상징이며, 어린 시절의 향수를 느끼게 하는 곤충이다. 주민과 귀촌한 사람들이 함께 부르는 노래가 넓은 들녘에 오래도록 아름답게 울려 퍼지길 바랄 뿐이다.

-「귀향의 노래」 중에서

여름내 긴 장마 속에서 피해를 본 농가, 지역경제가 어려워 소득이 적은 상인들, 고기가 안 잡혀 생기 없는 어부들, 행정에 힘쓴 공무원 등 일상을 잠시 잊고 문화제가 열리는 마당으로 나와 한마음이 되는 날이다.

-「문화유산과 한류」 중에서

여행의 묘미는 자연 속에서, 마음이 통하는 사람들과 맛있는 음식을 먹을 때이다. 군민들이 좋아하고 관광객들의 미각을 돋구어 주는 영양과 맛을 곁들인 고성 8미를 소개한다.

제1미 명태 맑은 탕, 제2미 자연산 물회, 제3미 도치두루치기, 제4미 도루묵찌게, 제5미 자연산 추어탕, 제6미 문어숙회, 제7미 방어회, 제8미 성게알덮밥이다. 어느 것 하나 느끼하지 않고 담백하면서도 영양이 듬뿍 담겨있는, 고성군민의 주민성을 닮은 음식이라는 생각이 든다.

-「다시 날아라! 고성」 중에서

　직장에서 퇴임하고 꿈이 있어 고향에 내려왔다. 십여 년이 지나 그 꿈들은 나무로 자라고 있다. 나무들이 큰 숲을 이루어 그늘과 열매를 주는 날이 오길 바라며 오늘도 그 길을 걷고 있다.

-「귀향의 노래」 중에서

다. 추억의 풍속도

　어린 시절 추억을 회상하고 전통문화의 풍속이 현실 속에 재현된듯합니다. 오래된 아버지의 집을 다듬어 한옥을 보존하고 있습니다. 대청마루에서 바라보는 소나무의 풍경과 기왓장 속에서 부모님의 살아온 흔적, 유년의 친구, 농사일들이 문학의 소재가 되기도 합니다. 어린 시절 여름밤 추억의 한 장면이 수채화를 보듯 선명하게 다가옵니다.

　화전놀이 하는 날은 조무래기들도 신나는 날이다. 아이들은 화전놀이 하는 곳이 바라보이는 곳에 자리를 잡아 진달래, 철쭉, 소나무 가지를 꺾어다 울타리를 만들고 우리만의 아늑한 공간을 만들었다. 엄마들을 그 안에 자리를 깔아 주었고 떡과 부침개도 갖다주었다.

간혹 소나무 껍질 속의 달콤한 송기물을 빨아먹기도 하며 아이들도
덩달아 신나는 하루였다.

-「추억의 화전놀이」 중에서

　　푸짐하게 국수 잔치를 한 후, 어른들은 마당에 멍석을 펴고 앉아
이런저런 이야기를 나누고 아이들은 밤이 이슥하도록 술래잡기 놀이
를 했다. 마당에는 모기를 쫓는 쑥불을 피웠다. 초가지붕 위에는 박
꽃이 하얗게 피었고 하늘에는 은하수가 동쪽 편으로 치우쳐 있었다.
　　아버지는 은하수가 하늘 중앙에 똑바로 오면 가을이 되어 벼를
벤다고 하셨다. 별자리가 뭔지 모르던 시절 여름밤이면, 나는 '별도
걸어가나?' 하는 특별한 생각을 하였고 밤하늘의 별이 자리를 움직
인다는 것을 어슴푸레 알게 되었다.

-「국수 뽑는 날」 중에서

　　십 리 길을 이런저런 이야기를 하며 걸어서 집으로 가는 하굣길 일
은 생각보다 즐거웠다. 계절마다 피는 꽃이 다르고 산새 노랫소리
도 달랐다. 간혹 다람쥐들이 쪼르르 앞서가며 길동무가 되어 주기도
했다.

-「정선이와 독일 꽃밭」 중에서

　　논에 나가 모포기를 들여다보던 남편은 작심한 듯, 죽은 모포기를

하나하나 뽑아내기 시작했다. 다 뽑아낸 후, 남은 것만이라도 다시 살아나기를 간절히 바라며 두 주일 정도가 지났다. 그런데 다행스러운 일이 생겼다. 남은 모포기 일부가 조금씩 살아나기 시작했다. 정말 저토록 강인한 식물이기에 쌀이 세계인들, 특히 아시아인들의 주된 식량이 되었나 보다.

─「아프지 않고 크는 나무가 어디 있으랴」 중에서

라. 섬김과 나눔의 미학

항상 이웃에 눈을 돌려 베풀며 사는 모습이 몸에 배었고 축복과 덕담을 아끼지 않으십니다. 가끔 '아버지의 집'에 문우들을 불러 음식을 직접 만들어 나누고, 멀리 사는 친구들이나 지인들을 초대해 대접하기 좋아하십니다.

현직에 있을 때도 학생들과 자모들을 대상으로 방과 후 상설문예반을 만들어 글쓰기를 가르치며 꿈을 주는 키워주는 일을 20년이 넘게 하셨다고 합니다. 퇴임 후에는 고향에 내려와 지역 문우들과 문학회를 창립하고 농촌 문화마을 공동체를 통해 주민들이 서로 소통하며 의식을 변화시키는 일로 미래를 가꾸고 있습니다.

상동과의 또 하나의 좋은 인연은 2004년부터 상일초등학교에서 5년을 근무했었다. 방과 후 문예반을 만들어 아이들과 '시민의 강' 옆 벤치에서 글도 쓰고 그림도 그리며 도심 속의 강을 글로 표현하였다. '행복한 마을'이 학구인 상일초등학교에서 가르친 제자들이 이제는 30대의 사회인이 되었지만, 어디에서 어떤 일을 하든지 '내 어릴 때 살던 아파트에는 도심을 흐르는 아름다운 강이 있었지…' 라는 좋은 추억을 간직하며 행복한 삶을 살아가길 바랄 뿐이다.

-「시민의 강」 중에서

내가 가는 길이 도시의 큰길이든 시골의 소로이든 개의할 일은 아니다. 길을 잘 모르면 물어물어 나에게 주어진 길을 묵묵히 갈 뿐이다.

길치인 나는 인생을 살아가면서도 앞이 막막하고 상심이 될 때마다 "네 길을 하나님께 맡기라. 그가 인도하신다"라는 말씀을 믿고 살아왔다.

-「길치의 변」 중에서

곱고 아름답던 단풍들이 모두 떨어지고 길섶의 들풀들까지 말라드러눕게 되면, 우리는 아름답던 가을을 이별하고 추운 겨울을 만나야 한다. 만남은 이별을 의미하고, 이별은 또 다른 만남을 생각하게 한다. 꽃 같은 단풍을 바라보며 만남과 헤어짐의 의미를 다시 생각해 보는 가을날이다.

-「만남과 이별」 중에서

이 닫힌 교실의 문을 어떻게 하면 활짝 열 수 있을까?

교단이 사랑의 가르침으로 즐거운 배움터가 되고, 학생들의 잠재된 재능을 이끌어주어, 그 재능을 맘껏 키워가는 푸르름 가득한 교육 현장이 되었으면.

-「닫힌 교실」 중에서

4. 맺는말

이 책에 실린 글은 작가 어머니가 '고성아리랑'을 불러 남긴 소중한 일, 작가 주변의 이야기, 추억들을 질박하게 표현하여 진한 울림을 주는 글입니다. 현란한 문학적 기교보다는 편안하고 친근감이 느껴집니다. 사람과 사물, 자연에 대한 예리한 관찰과 서정적인 문장 표현이 읽는 사람들에게 감동을 줍니다. 후반부에 글의 내용과 어울리는 자작시 7편을 소개하여 수필과 시를 함께 감상할 수 있는 즐거움을 주었습니다.

선생님은 귀향하여 문학 후진들을 기르고 '고성문학회'를 창립

하는 데 일조하셨습니다. 매사에 긍정적인 마인드와 열정으로 임하시는 모습을 보면 닮고 싶은 생각이 많이 듭니다.

외조하시는 남편 김기식 교장선생님은 문학회를 위해서 선뜻 주머니를 열어 문우들을 격려해 주며 고성문학회에 결성에 큰 힘이 되어 주신 모습을 문학회 약력을 보고 알게 되었습니다.

부모님이 지은 집을 잘 보존하고, 고향 마을을 가꾸며, 효심으로 부른 사모곡은 선생님 어머님이 부르신 아리랑 가락과 함께 오래도록 고성 들녘에 아름다운 메아리로 남을 것입니다.

제가 감히 선생님의 작품에 해설을 쓰게 되다니……. 부탁을 받은 후 떨리고 고민도 했지만, 지인 평론가 문인들이 계심에도 나에게 이런 기회를 주신 선생님의 깊은 뜻을 조금이나마 알 것 같습니다.

고희가 넘은 나이인데도 시, 시조, 수필, 동시, 동화, 소설 등 문학의 장르를 넘나들며 창작의 혼을 불태우고, 문학적 재능을 아끼지 않고 제자와 후배들에게 나누어 주시는 선생님께 감사드립니다. 앞날에 건강과 문운이 함께 하시길 기원하며 졸필로 선생님의 글에 대한 느낌을 마무리합니다.

어머니의 아리랑

황연옥 지음

발 행 처 · 도서출판 **청어**
발 행 인 · 이영철
영   업 · 이동호
홍   보 · 천성래
기   획 · 남기환
편   집 · 방세화
디 자 인 · 이수빈 | 김영은
제작이사 · 공병한
인   쇄 · 두리터

등   록 · 1999년 5월 3일
(제321-3210000251001999000063호)

1판 1쇄 발행 · 2022년 11월 30일

주   소 · 서울특별시 서초구 남부순환로 364길 8-15 동일빌딩 2층
대표전화 · 02-586-0477
팩시밀리 · 0303-0942-0478

홈페이지 · www.chungeobook.com
E-mail · ppi20@hanmail.net
I S B N · 979-11-6855-093-3(03810)

이 책은 강원도 고성문화재단 2022년 전문예술인 지원사업으로 발간되었습니다.